唇を噛むシツァの強情がイェセカの何を喜ばせるのか、
腹のなかでいっそう硬度を増し、肉を割り開く。
奥の奥、自分でも知らない場所で、イェセカの形を思い知らされる。
「他の男を咥えこんだというわけではなさそうだ」

ラルーナ文庫

暴君は狼奴隷を飼い殺す

鳥舟あや

三交社

CONTENTS

Illustration

アヒル森下

暴君は狼奴隷を飼い殺す

本作品はフィクションです。
実際の人物・団体・事件などにはいっさい関係ありません。

【1】

金銀財宝、家畜、食料、武具、馬具……奴隷。

それらの戦利品は、覇州《ばしゅう》の州都である吉佳《ギギャ》の市場《いちば》に並ぶ。

日頃から賑《にぎ》わいのある街がいつもより色めき立って見えるのは、先日、この覇州の州《しゅう》公率《こう》いる軍が、北方異民族との戦闘に勝利したからだろう。

「あぁ、クソ……暑いな。……おい、返事をせんか、お前に言ってるんだ」

商人は汗を拭《ぬぐ》い、竹製の細い鞭《むち》で奴隷の手を打《ぶ》つ。

「…………」

奴隷は無言で目を伏せ、次第に赤く蚯蚓腫《みみずば》れになる皮膚をじっと見つめる。

その奴隷は、そうして買われる時を待っていた。

右隣には、年老いた豚が三匹寝こけている。左隣にいた女奴隷たちは先に売れた。他にも何人か一緒に連れられてきたが、皆、散り散りに買われていった。

売れ残りの奴隷は、襤褸《ぼろ》切れ一枚を纏《まと》い、雑踏の砂埃《すなぼこり》に巻かれるがまま何日も店先に繋がれている。盛夏の陽光にじりじりと照りつけられ、泥濘に塗れた裸足も乾き、手足の枷は熱を孕んで、金属と触れ合う皮膚を焼く。

灼熱の陽射しがどれほど身を焦がせども、日よけを与えられるはずもなく、なけなしの汗も乾く。食事もなく、水も最低限。喉《のど》が渇き、気道の肉と肉がくっついて剝《は》がれない

ような苦痛。苦し紛れに引き攣《つ》る喉を掻《か》き毟《むし》ろうにも、短い鎖がそれを阻む。

「やぁ、亭主、見かけない顔だ。……ここで店を広げるのは初めてか？」

通りがかりの男が、奴隷商に声をかけた。

黒い着物の従者を連れているところから見て、王侯貴族のいずれかだろう。

「いらっしゃいませ、旦那《だんな》様。わたくし、常日頃は、ここより北西の町で商いをしている

者でございます。先日ございました馬賊《ばぞく》との戦でこれらを手に入れましたので、こうして

この吉佳まで商売に参りました」

奴隷商は揉《も》み手をして、愛想良く応じる。

地面と目線が等しい奴隷の視界からは男の顔こそ見えないが、奴隷商の声からして上客

なのだろう。男は騎馬しているらしく、鉄青色をした馬の立派な四つ脚《あし》と従者の着物の裾《すそ》

がちらりと見えた。

「さぁ、旦那様に顔を見せなさい」

奴隷商は、竹鞭で奴隷の顎《あご》を持ち上げる。

「この奴隷では商売にならんだろう……なぁ、チエ？」

目つきの生意気な奴隷では売れ残るのも当然だと、男は従者に声をかけた。

「……殿下、これは観賞用でも農奴でもありませぬ。それどころか、苦力《クーリー》でも奴婢《ぬひ》でもありませぬ。異民族の剣奴でございます」

艶《つや》っぽい喋《しゃべ》り方をする黒服の従者は、宦官《かんがん》だ。成人男子よりも声調が高く、独特の話し方をする。その宦官は奴隷を見るなり的確な判断を下し、男にそんな耳打ちをした。

「なら、きっと丈夫だな」

「殿下、そういう問題ではありませぬ」

「まぁ見ておけ、チエ。……さぁ奴隷、お前を売りこんでみろ。気に入れば買ってやるぞ」

奴隷の耳を打つのは、穏やかな話しぶりのわりに支配力のある声だ。

それも、ひどく重みのある圧力。

背筋はぞわりと粟立《あわだ》つのに腹の底は冷えて、我知らずのうちに身構えてしまう。

「どうした？　口がきけないか？　恐ろしくはないぞ？」

奴隷の沈黙を恐怖ゆえと捉《とら》えたのか、男は、奴隷商に対するそれよりもすこしばかり語調を弱めた。

「……損はさせない」

奴隷はひと思案したのち、そう答えた。

渇いた喉がからからで、ひどくかすれ気味の声しか出なかった。

「チエ、水はまだ残っていたか？」

「あなた様の飲み水は、全《すべ》て傷兵に渡してしまいましたよ」

チエと呼ばれた宦官は、男ののんびりした態度に肩を竦《すく》める。

「あぁ、そうだった。……奴隷、すまんな」

「それは、買わない、という意味か」

「買って欲しいなら、もうすこし可愛《かわい》げのあるところを見せるといい」

「俺はよく働く、よく戦う、よく従う。食事もすこしで充分だし、寝床も着る物も必要ない。いま、ほんのすこし投資するだけで、アンタの盾にでも矛にでもなる犬が手に入る」

「随分と怖いもの知らずな犬だ」

「けれども、従順だ」

「それがお前の可愛げか？」

「可愛げなんかあるか。クソ食らえ」

「よし、買ってやる」

「殿下……っ!?」

「見た目も然《さ》ることながら、打てば響くように返事をするのがいい。賢い証拠だ。実に気の強そうな物言いも悪くないし、目の色がビィランに似ているのもいい」

「……えらくお気に召したご様子で……」

「チエ、支払いを」

「殿下、飼っている鳥と奴隷では話が違います。殿下……あぁもう……ちょっとは値切ってくださいな、殿下、殿下……あぁもう、ほんとにまったく……」

言い値で奴隷を買う男に、チエはぶつくさ文句こそ言えども、金子《きんす》を支払った。

「ありがとうございます、旦那様。末永くお可愛がりください」

金を受け取るなり、奴隷商は低頭して奴隷の鎖を外す。

「あぁ、そうしよう。……それから、余計な忠告をするが、あまり暴利をふっかけずに真《ま》面目《じめ》な商売をするがいい。新参者が目立つと後が恐ろしいぞ」

「……は、ぃ……それは、もう……」

奴隷商は、ひどく怯《おび》えた様子で、深く叩頭《こうとう》した。

男の声しか聞こえなかった奴隷には、奴隷商が何をそんなに怯えるのか分からない。

奴隷に分かるのは、鎖の持ち主が、奴隷商から男の手に代わったことだけだ。

「さぁ、おいで」

「言われなくとも。……っ！」

男に促され、奴隷は立ち上がる。途端に、目が眩《くら》み、足がもつれた。

転ぶと思うより先に、長い足がひょいと目の前に出てきたので、咄嗟《とっさ》に両手でしがみつく。

「足腰の弱い奴隷だな」

「うるさい」

「腹が空いたか？　立ち眩みか？　馬に乗せて欲しいか？　それとも……病気持ちか？」

「なんでもない」

ぎゅうと足を抱いたままでいると、男は、「足が長いとこんなこともできるんだ、便利だろう？」と、片足で奴隷を支えながら笑った。

「アンタ、戦帰りか」

摑《つか》んだ男の具足が、泥と血糊《ちのり》にべっとりと濡《ぬ》れ固まっている。

黒の軍靴がより黒く濡れ染まるほどに。

「お前も同じ戦場《いくさば》にいただろうから、すれ違っていたかもな」

奴隷の頬《ほお》や身に纏う襤褸の染みから、男もまたそれらを推測する。

「いつか足元を掬《すく》ってやる」

「お前、俺に恨みでもあるのか？」

「……は？」

「恨みはあるのかと訊《き》いている」

「……ない、けど」

「なら、その恐ろしい顔はやめろ。俺は人から恨まれるのは好かん」

「えらく弱気な軍人様だな」

「その正一品の軍人様に上等の口をきくのだから、お前は相当の怖いもの知らずだな。

……仮にも俺はお前のあるじだぞ？」

「……それで？」

「本当に肝の据わった男だ。……まぁ、そうした気概も立派だが、つまらんことで命を捨てずに、俺に買われたことを素直に喜べ」

「何を、ふざ……、っぷ！」

男が、奴隷めがけて上着を放り投げた。

奴隷ごときは一生のうちに一度も触れる機会がないような、上等の上着だ。

黒みがかった紺青《こんじょう》色の軍服で、異民族の血に濡れて、重い。

「襤褸切れより上等だ。お前の恰好《かっこう》は、夏にしても涼しすぎる」

「施しのつもりか？」

みすぼらしいからといって、憐《あわ》れみを受けるつもりはないと突っ返す。

男は「それは失礼をした」と馬上で笑う。

とても、とても、鷹揚《おうよう》に笑う。笑う仕種《しぐさ》ひとつとっても余裕があって、これまで、自分という奴隷を使役していたどの飼い主よりも得体が知れない底の深さを感じる。

気味が悪い。何を考えているのか分からない。

だが、奴隷があるじを解する必要はない。

奴隷というのは、俸祿《ほうろく》もなく死ぬまでこき使われ、飼い主が戦に臨むに従い己も参加させられ、その飼い主を戦で失えば捕虜となり、当て所《ど》なく流転し、奴隷商に横流しされて市場に並び、またこうして新しい飼い主に所有権が移るだけ。故郷もなく、生まれ育ちも分からず、家族もない。奴隷とは、そういうものだ。

「ここがお前の故郷になるといいな、奴隷」

奴隷の心中を見透かすように男が笑うから、奴隷は、固唾《かたず》を呑《の》む。

この男は、いままでのどの飼い主よりも腹の底が読めない。

奴隷がどれほど警戒心を強めても、男は、戦帰りとは思えぬほど腑《ふ》抜《ぬ》けた顔で笑い、奴隷の無礼を許し、何もかも分かったふうな態度を崩さず、泰然とした姿勢を貫く。

得体の知れないその寛容さが受けつけず、奴隷はぷいとそっぽを向いた。

＊

覇州の城主が住まう吉佳宮《ギギャぐう》は、実に古めかしい建造物だ。

皇帝陛下のおわす首府や名立たる商業都市で鉄筋製の建造物が増えるなか、この辺境地では未《いま》だに木造や石造りが大半である。

門楼や城壁の一部にこそ鉄が使われているが、ほぼ全てが石材と木材による平屋建て。広さだけは目を瞠《みは》るものがあり、外壁をぐるりと一周するだけでも半日仕事になる。

目にも鮮やかな、四神《しじん》や四凶《しきょう》を象《かたど》った石柱、吉祥を飾り彫りした壁画、朱塗りの柱廊、緑青色の屋根。日頃から使用する部屋も、使用していない部屋も、細緻《さいち》な刺繍《ししゅう》を施された金襴緞子《きんらんどんす》で飾り、瑠璃《るり》や玻璃《はり》、翡翠《ひすい》や紅玉を使った家具調度品で彩る。

庭園の人工湖に浮かぶ九曲橋《ジゥチュはし》と、そこから見やる風光明媚《めいび》な覇州の景観は逸品で、時代を感じさせる故宮ではあるが、どこもかしこも手入れが行き届き、石畳には枯れ葉一枚として落ちていない。

その美しい吉佳宮は、東院、中院、西院の三つに分かれ、中院が、城主とその一族の居住区となる。城主とは即《すなわ》ち、この覇州の君公である男のことだ。

奴隷を買った男だ。

男は、文武官や、大勢の侍女や侍従、宦官らに傅《かしず》かれ、「ご主人様、ご無事のお帰りをお喜び申し上げます。北平原のご平定、真におめでとう存じ上げます」と心からの祝辞を受け、「あぁ、ただいま、お前たちも留守居役、苦労であった」と皆を労《ねぎら》う。

男の背後で奴隷がひとり居心地の悪さを覚えていると、「お帰りが遅いと思ったら、また身寄りのない子を拾ったんですか？」と武官の男が肩を竦めた。

男は、「今回は拾っていない、買ってきた」と悪戯《いたずら》っぽく答えたかと思うと、「さぁ、俺のことばかり構わず、お前たちはたらふく呑んで食え」と彼らを気遣う。

「奴隷、お前も後で相伴《しょうばん》にあずかれ」

男は、たったいま買ってきたばかりの奴隷にもご馳走《ちそう》を分け与えてくれるらしい。

変わった城主だ。

「奴隷、こちらへいらっしゃいな」

チエに手招かれ、奴隷は中院のひと部屋へ足を踏み入れた。

伝統的な外観とは異なり、眼前に広がるのは、えらく近代化された内装だ。

部屋のそこかしこに配されているのは西洋式の家具で、壁際の洋簞笥《ようだんす》には喇叭《らっぱ》の大きな蓄音機が置かれている。土足で踏みつける足元には中東風の絨毯《じゅうたん》が敷かれ、火炕《オンドル》の上には趣味の悪い虎皮《とらがわ》の敷物があった。

壁面を長方形にくり貫《ぬ》いて作られた空間には、床よりも高い位置に設けられた小部屋がある。そこには、東洋式の螺鈿《らでん》机が置かれ、西洋風の茶器一式が準備されていた。

窓際には、洋風のドレスを着た女がブランコを漕《こ》ぐ絵柄の花瓶があり、その花瓶を隠すほどに新聞や書籍が積み上げられている。それらは様々な言語で書かれているようで、背表紙を見てもちっとも理解できない代物ばかりだった。

それに何より、部屋のなかで鳥を飼っていることが、信じがたい。こんな贅沢《ぜいたく》な部屋で鳥を放し飼いにするだなんて、その神経を疑わずにはいられない。

趣味を掻き集めたような部屋で、ちぐはぐで雑多。それでいて、好奇心旺盛《おうせい》。でも、どこか落ち着く。なのに、心ここにあらず。物事に執着がなく、実態が摑めない。この男へ抱く印象がそのまま形になったような部屋だ。

「奴隷、こちらへお立ちなさい」

「………………」

チエに促され、奴隷は、裸足で部屋の真ん中に立つ。逡巡《しゅんじゅん》したのち、絨毯を汚さぬよう隅へ移動すると、絨毯の上に立てと言われ、位置を戻す。

「さて、よろしいですか？　今日からあなたは殿下の財産となりました。これからは、きちんと目録に記載されて、管理されます。財産登録をしますので、わたくしが質問したらはきはきとお答えなさい」

チエは、袂《たもと》から携帯用の筆と硯《すずり》を取り出し、左手に台帳を持った。

「そんな面倒なことするのか？」

かつてない経験に、奴隷は眉根《まゆね》を寄せる。

奴隷の氏素性を詳細に知ってどうするのだ。

「全ては殿下のご采配《さいはい》。……まぁ、面倒なのは事実ですね、わたくしもそう思います。けれども、とても大切なことなのですよ、これは」

チエはちっとも面倒ではなさそうに、それどころか尊敬の眼差《まなざ》しで男を見やる。

尊敬の眼差しを得ている当人は、他の宦官たちが「殿下、お召し替えを……、どうかお召し替えを」と頼みこむ傍らで、泥臭い軍服のまま「まぁ待て」とあしらい、碧藍《へきらん》色の尾長鳥に手ずから餌《えさ》をやっていた。

「では、まず、あなたのお名前は？」

「晳《シー》」

「それはあだ名でしょう？　本名はなんと仰《おっしゃ》います？」

「ない」

膚《はだ》が白いから、晳と呼ばれていた。

「……そう。では、次は氏族ですけれども……ご自分の氏族は存じていますか？」

「知らない」

「膚の色からすると、北方の帝国人かしらね。でも、質感は象牙《ぞうげ》のように滑らかで……あら、お肌つるつる……睫《まつ》毛《げ》がえらく長いし、目鼻立ちは東欧系かしら？　でも、わりと骨格は華奢《きゃしゃ》なのね……これはきっと北方異民の血ね。背が高くて、筋肉はしなやか、柔軟性もあって……馬に乗るのに適してそう……っと」

チエはぶつぶつと独り言を呟《つぶや》き、じっくり検分しては台帳に書きつける。

「髪は琥《こ》珀《はく》に金髪が入り混じっていて、眼は黄緑がかった琥珀色。……まぁ、珍しいこと、ご主人様、狼《おおかみ》の眼ですよ！　なんてきれいなんでしょう！」

「なに？　狼の眼なのか？」

鳥の給餌《きゅうじ》に一所懸命だった男が、大股《おおまた》歩きで戻ってくる。

すると、その尾長鳥も、男を追って飛んできた。

「ね、ご覧になって？　きれいな瞳《ひとみ》でしょう？」

「おぉ、これは見事《みごと》だな」

男は、チエと一緒になって奴隷の顔を覗《のぞ》きこむ。

「……見んなよ」

奴隷は逃げることもできず、男と視線を絡めたまま居心地の悪さに耐える。

「まるで、水底に沈んだ翡翠と琥珀のようですこと」

「飴玉《あめだま》か、蜻蛉《とんぼ》の羽根に見える」

「…………ご主人様……ほんっとにあなたは風雅を解する語彙《ごい》が……」

「そうか？　きれいだぞ？　蜻蛉の羽。飴玉は美味《うま》いしな。それに、お前の喩《たと》えはなんだか安っぽい……なぁ、奴隷？　……ほら、よく見せろ」

「……っ」

顎先を摑まれ、ぐいと上を向かされる。

大きな図体に覆いかぶさられ、反射的に背筋を海老反りに撓《しな》らせた。

「逃げるな」

「……ち、かい……距離、近い……放せっ」

腰に腕が回り、ぐいと引き寄せられる。

懐《ふところ》に招き入れられると、両手で突っ張って引き剝がそうにも、びくともしない。それどころか、「あぁ、元気な子だ」と笑って、もっと強い力で抱きしめられる。

「チエ、これの名は？」

「シーと呼ばれていたそうです」

「そのままじゃないか。……なら、今日からお前はシーツァイだ。いいな？」

「…………」

「お前は今日から、俺のシーツァイだ。あぁ、でも、長ったらしいからシツァだ」

「名前なんかどうでもいい」

「どうでもよくはない。名は大事だ」

「……っんなもん、なんでもいいっ」

ぎゅうぎゅうと抱きしめられ、じわりと服を通して伝わる男の熱に狼狽《うろた》える。シツァはたまらず、助けてくれとチエに視線を向けた。

「諦《あきら》めたほうが賢明ですよ。かくいうわたくしも、本当はチェンエンという名がありますけれども、チエ、と呼ばれていますもの。……うちのご主人様は、妙なあだ名やら愛称や

らで呼ぶのがお好きなのです」

「シツァ、……チエじゃなくて俺を見ろ」

「……痛い。アンタ、馬鹿力なんだから、ちょっと力ゆるめろよ」

鉛色の瞳が遠慮なしに見つめてくるものだから、シツァも遠慮なしに無礼な態度で拒絶する。いままでの飼い主なら、こんな態度をとったらすぐに折檻《せっかん》されていたが、この男は「うん、元気が一番だ」とシツァの跳ねっ返りを褒めそやすから、気軽に反抗できる。

それに第一、これまでの飼い主は、奴隷にこんなことをしない。あいつらがすることは、殴るか、蹴《け》るか、唾《つば》を吐きかけるか、罵声《ばせい》を浴びせかけるか……そんなことだ。

「はい、二人ともじゃれてないで……そんなことでは、いつまで経ってもシツァの経歴が出来上がりませんよ。宴はもうとっくに始まっているのですから、主役が顔を出さずにどうします」

「あぁ、分かった分かった。……なら、俺が訊くから、お前は書き留めろ。……シツァ、お前、親兄弟のことは覚えているか？」

「知らん」

面倒臭くなって、適当に答える。すると、そんな態度を咎《とが》めるように、男の肩に乗っていた尾長鳥がシツァの頬を突いた。

「真面目に答えんと、お前のその薄い頬に穴が開くぞ」

逃げようともがくシッァを懐に捉えたまま、優しく言い聞かせる。

まるで、弟をあやす兄のようだ。

「ほんっ、とに……知らないっ。痛いからその鳥どっかにやれよ！　俺は、自分がどこで生まれたのかも知らないし、親が誰《だれ》かも知らない！」

物心ついた時には、異民族に使われる奴隷をしていた。その後、何度か持ち主が代わって、あちこちの土地を流れた。数年前に、ここよりもっと北の馬賊の男に飼われ、その男が今回の戦で死ぬと、敵対するこの男の軍の捕虜になった。

「結局いずこにも属せずにいるとは……憐れだな」

「うっせぇよ」

ごつっ。頭突きをかます。

「……あぁ、ほんとに元気だ」

「っ、い……だっ、い！」

ごつ、と頭突きを返された。あまりの激痛に、たまらず男の肩口に顔を埋める。

「あぁ、よしよし。躰《からだ》で学んだら、二度と俺に頭突きはするなよ。俺の頭蓋《ずがい》のほうが強いからな。……で、シッァ、お前は自分の歳《とし》を知っているか？」

「……たぶん、二十半ばくらい」

額を押さえて唸《うな》りながら答える。

「そんなに年嵩《としかさ》ではないだろう。よくても二十歳くらいだな。骨格も育ちきっていないし、筋肉も薄い。……チエ、二十歳くらいにしておけ」

「はい」

「歯並びはきれいで、虫歯もない。顎が細くて、瘦《や》せ地だ」

「ふがっ……っ！」

「躰のほうはどうだ？」

「な、に……っ、おい、触るなっ」

男の両腕がシッァの脇《わき》の下に入る。向かい合わせで抱き合う姿勢にされたかと思うと、襤褸切れを剝ぎ取られ、腰に回した手でシッァの腰帯を解く。腰帯一本で押さえていた褲子《ズボン》はあっという間に足元に落ちて、下着姿にされた。

「チエ、背面に刺青《いれずみ》だ。所有者は過去に三人。……波斯《ハシ》テュルクの……氏族記載なし、名はイーシュ・イブン・ハサネ。ブリヤートのウダハ、名はウランフ。お前、えらく遠いところから来たんだな……最後は、韃靼《だったん》ハルハのトシェート部、ダシニマ」

奴隷は、持ち主が代わるたび、背中に墨を刺される。

所有者は、それぞれの氏族が誇る美しい飾り文字で己の名を彫り刻み、奴隷の背を彩る。芸術性さえも追求するその装飾文字は、ひとつひとつは掌《てのひら》ほどの大きさだが、まるで蔦《つた》草《くさ》の絡む花のようであり、果実を咥《くわ》える鳥のようでもあり、荒々しい妖獣のようでもあり、持ち主が代わるごとにすこしずつ面積が拡《ひろ》がっていく。

「尾てい骨の中央と、その両斜め上に二つの……計三つだ」

「……っ」

ぎゅっと目を閉じ、腰骨を撫《な》でる感触に耐える。刺青の花紋《ファウェン》を辿《たど》り、そこに刻まれた文字を読まれているだけなのに、その大きな手で背筋を逆撫でされると、全身が総毛立つ。

「落ち着きがない、動くな。犬の仔《こ》でももうすこしおとなしいぞ」

「あいつらは乳飲んで寝てるだけだろうがっ」

「次、動いたら、裸に剝《む》いて娼窟《しょうくつ》か阿片窟《あへんくつ》に放り込む」

「……っ」

「手足を固い床に縛られ、股を開いて終わる一生がいいか？　それとも、欠伸《あくび》ばかりを繰り返す歯欠けどもの慰みになりたいか？」

「人でなし」

「殴る蹴るをするより、こうしてじわじわ嬲《なぶ》るほうがお前には効果的のようだ」

「早く、終われっ」

かさついた固い手が、わざとらしく脇腹をくすぐる。

男の背に回した両腕で服を摑んで引き剝がそうとすれば、男は自分の腕をシツァの腰に巻きつけ、余計にぴったりとくっつく。

まるで向かい合って寄り添い、抱き合うような恰好をさせられて、落ち着かない。

「古傷で目立つのは右の太腿《ふともも》だな。それから鞭で打たれた痕《あと》がある。背中と……ケツだ」

「ひぅっ」

ぱちん、と尻《しり》を叩《たた》かれ、ついでとばかりに下から上に揉まれる。

「肉が薄い。でも、張りはあっていい。揉むのにちょうどだ。……それから、手足も長いし、指も長い。……チエ、こいつ、乳首が可愛いぞ。小さい」

「……ぁ」

「声もいい」

「殿下、そういう報告は必要ありません」

「腿の付け根に黒子《ほくろ》だ。これはいるだろう？」

「撫、でるな……っ！」

なんなのだ、この男は。具《つぶさ》に人の躰を撫で回し、露骨な言葉で侮辱して、時折、その唇で囁《ささや》いた場所を刺激する。

「下の毛も、琥珀に金糸が混じってる」

「ご主人様、それは本当に必要でして？」

「さぁ、でも、やわらかい」

「……さ、わるな……さわるなって……っ！」

「下と同じで、髪もやわらかい」

「……っんなんだよ、もう……やめろ……」

「背中の筋が張ってる。お前、えらく無理をしただろう？　どういう戦い方をしたんだ？　痛めていないか？　ほら、左右で随分と肩の位置が歪《ゆが》んで……」

「……っ、ふぁ」

「チエ」

「はい、なんでしょう？」

「これはえらく敏感のようだ」

その身に軽く触れただけで、下着のなかの陰茎がすっかり元気だ。

「アンタが変な触り方するからだっ」

「あぁ、それもそうだ。変な触り方をしているのだから」

「わざとか」

「わざとだ」

「……どうしようもない変態だな、アンタ」

「よし、お前の挑発に乗ってやろう。……お前、こっちを使ったことはあるか？」

「う、ぁ……っ!?」

尻の穴を、指で押される。奥にこそ入ってこないが、下着越しにぐにゅりと圧迫され、固いそこを解《ほぐ》すように指の腹で撫でられる。

「暇があったら相手をしてやる。……と、まぁ冗談はそれくらいにして、……もし、お前の親兄弟や親族がお前を捜していたら、どうする？」

「どうもしない」

抱きかかえられたまま放してもらえず、力でも敵《かな》わず、諦めて脱力する。

「では、もしお前の身内が捜していたとして、いざという時に、どこに問い合わせればいいか分からない。そういう時に、この台帳ひとつあったらどうだ？　政庁に問い合わせれば、すぐにお前に辿り着ける。………な？　必要だろう？」

「この世に、どれだけの数の奴隷がいると思ってんだ」

「星の数ほど」

「無駄だ」

「この世に無駄なことなんてあるものか。お前たちは黒該子《ヘイガイズ》。無戸籍児だ。だからといって、諦めてはならない。これは、そんなお前たちの戸籍替わりになる」

「……親兄弟が捜してくれるとは限らない」

親兄弟に売られた場合だってあるし、その親兄弟がもうすでに殺されている場合だってある。

「けれども、戦災孤児の場合もあるし、お前だけが人攫《ひとさら》いに遭っている可能性もある。このあたりは、特に子供を攫うのが多いからな。……あとは、まぁ……戦死した時に戸籍があると生死の判別が便利だ」

「…………」

奴隷の為《ため》に、この男はそこまでするのか。

なんの為に、そこまでするんだ。

あぁ、でも、いままでの何もしない飼い主よりはずっとマシか？

「さて、シツァ、今日からお前は俺の財産となったわけだが……」

「そうだな」

「お前は俺の為に何ができる？」

「アンタの為に死ねる」

シツァは、即答した。

それは別に、この男のことを尊敬しているからとか、この男のことを敬愛しているからとか、買ってもらえた恩だとか、そういうものに報いる為じゃない。単に、奴隷ならば主人の為に死ぬのが大前提で、ただそういう意味で、おべっかも込めてそう言っただけだ。

「…………」

自分から尋ねておきながら、男は、シツァの言葉に驚いた顔をしている。

「あー……チエ様、でしたっけ？　この人、なんか固まってますけど？」

「あなたがあまりにも正面きって口説き文句を口にするものだから、そんなふうに純粋な好意を向けられたことのないご主人様はお胸が切なくなってらっしゃるのですよ」

「口説いてない。ただ単に、俺は、いままでの持ち主のなかではこいつが一番親切で、一番優しくて、俺らのことを人間らしく扱ってくれるから、だから、そういう意味で、他の飼い主よりもこいつの為に死ぬほうがマシだ……って思っただけだ」

「ビィラン、おいで……餌をくれてやろう」

褒められ慣れていない男が褒め殺しされて、狼狽えている。それを誤魔化《ごまか》すように、止まり木で羽を休める鳥に餌をやるけれど、どうにも隠しきれていない。

眉を顰《ひそ》め、目を細め、嬉《うれ》しさを嚙《か》みしめているような唇。鉛色の前髪から覗くその横顔こそが、この男の素のような、そんな愛らしい表情だった。男前の顔をしているくせに、思わずそう思ってしまうような……、そんな面映《おもは》ゆい表情で微笑《ほほえ》むものだから、シツァはなんだかこの男が可哀想《かわいそう》になって、抱きしめたくなった。

だって、ほんのちょっとこの男の人となりを見知っただけのシツァでも分かるほどに、この男は、周囲の人間をとても慈しんで大事にしているのに、シツァのあんな言葉ひとつで、こんなにも喜ぶのだ。

きっと、いつも与える側で、与えられたことがないのだ。

そう思うと、なぜか目の奥が熱くなって、シツァの腹が、きゅう、と鳴った。

「……？」

きゅうぅ……と、続けざまにまた腹が鳴った。

二度目の音で、シツァは自分の腹が鳴っていることに気づいた。

「鳥の餌を見て、お前も空腹を覚えたか？」

もう平静を取り戻したのか、男が穏やかに笑いかける。

「うるさい」

「お前も餌付《えづ》けしてやろうか？」

「もらえるものはなんでももらう」

ついさっきまでの自分の考えがなんだか恥ずかしくて、シツァはぶっきらぼうに答えた。

「なら、そこの机の……待て、シツァ、待て」

「なんだ」

机にあった食べ物を両手に握り、口をつけたところで、おあずけを食らった。けれどもすこし遅い。恥ずかし紛れで空腹のシツァは待てができず、ごくんと飲み干してしまう。

「鳥の餌を食うな」

「だって、くれるって言った」

鳥の餌を、むぐむぐ頬張る。真新しい穀物の味がして美味い。栗鼠《りす》みたいに頬を膨らませ、両手いっぱいに握りしめたそれをさらに口に含もうとした瞬間、再び、制止が入った。

「それは食うな」

「食うの、だめ……なのか」

ごはん……ひさしぶりの、ごはん……。

滅多にない両手いっぱいの食事を前にして、きゅうと胃袋が切ない。

「お前は鳥か……」

「俺が鳥に見えるか？」

「見えない。お前も自分が人間だと分かっているなら、鳥の餌は……」

「俺は人間じゃなくて奴隷だ」

「………」

「それとも、そこの水ならいいのか？」

「それは鳥の為の水だ」

「じゃあ、何なら食べていいんだ」

「なぜ、お前はその水盆の隣にある桃を食べたいと思わないんだ？」

「その鳥は俺よりずっと高価だし、俺よりずっときれいだし、俺よりずっと大事に世話されている。だから、桃を食うのは鳥で、俺じゃない」

「……チエ、厨《くりや》に言って、食事をやるよう伝えてくれ。今日なら、いい食事が出るだろう」

シッァの手から鳥の餌を取りあげて、代わりに桃を握らせた。

「……どうも、ご主人様」

「イェセカでいい」

皆にもそう呼ばせているから、そう呼ぶといい。

イェセカは目を細めて笑い、シッァの頬についた鳥の餌を拭った。

＊

奴隷のシッァにも、部屋が与えられた。十人程度が一斉に寝起きする大部屋の一角だが、窓は大きく、天井も高い。磨《す》り硝子《ガラス》越しに中庭のひとつを眺めることができて、床は水はけのいい石造り。

自分用の寝台があって、蚤《のみ》や壁蝨《ダニ》のいない布団や枕《まくら》もある。小さな机ひとつが全員に与えられていて、書き物をするのも、本を読むのも自由。行李《こうり》をひとつ置く場所もあって、そこには、最初から当面の着替えやお仕着せが用意されていた。

近頃、首府や商都のほうでは洋装が流行しているらしいが、この片田舎ではまだまだ伝統的民族服が主流だ。ましてや宮仕えともなると、下っ端の下っ端まできちんとした身なりを求められる。

シツァは徹底された規律の高さにも驚いたが、それよりもまずきちんとした食事が支給されることに驚いた。位階や部署の区別こそあれども、皆が、机に向かい、椅子《いす》に座り、食器と箸《はし》を使って温かい食事を食べさせてもらえるのだ。

「うちのご主人様は、本当によく出来たお方だと思わないか?」

「……ぅあう」

青菜の饅頭《マントウ》を手摑みで頰張りながら、シツァは頷《うなず》く。

箸を使えないシツァの為に、厨房《ちゅうぼう》の男は、食べやすい饅頭と粥《かゆ》を用意してくれた。さすがのシツァも匙《さじ》を握ることはできるので、もぐもぐと温かい食事を掻っ込む。

昨夜は明け方まで宴会だったにもかかわらず、使用人たちは早起きで、よく立ち働き、新入りのシツァの面倒もよく見た。

シツァは「人手の足りないところへ」とチエに言われて、今日は厨房の片づけを手伝った。いまは、それらがひと段落して、厨房で働く全員で遅い朝食を摂《と》っている。

イェセカがどういう人物なのか、それをシツァから尋ねる必要はなかった。

使用人の誰しもが、イェセカのことを誇りに思い、口々に讃《たた》えるのだ。

イェセカは、この偉大なる照《しょう》国皇帝の実兄だが、母親の身分の低さや政治的配慮で、この北方の辺境地に追いやられているらしい。

けれども、イェセカがこの北方五州を統治するようになってからは法や土地も整備され、盗賊や異民族の侵攻も減り、治安面も改善されたそうだ。

発展の立ち遅れていた北方五州が、イェセカの采配で近代化を促され、牛馬しか歩いたことのない城内で、車や自転車が走るようになった。城市を初めて車が走った時はお祭り騒ぎだったと、当時の興奮冷めやらぬ様子で料理人が語った。

いまがあるのは、イェセカのお蔭《かげ》。イェセカが守ってくれるという信頼があるからこそ、日々の生活や商売に心血を注ぎ、安心して暮らせる。

城民、奴隷、官吏、下男下女、軍人、政治家、イェセカは全てを大切にしながら、どれかを贔屓《ひいき》にすることのない人物なのだそうだ。

まぁ、つまりは、英君なのだろう。

胡散臭《うさんくさ》いほどに。

「それになにより男前！」

「笑顔が素敵なのよ！　私みたいなもんにもにっこり笑いかけてくださってね」

「シツァは近くで殿下のお顔を見たんでしょう？」

「男の顔なんかじっくり見たくはないな」

そう応《こた》えたものの、使用人たちに話を振られて、ふと、イェセカの顔を思い出す。

女たちは、イェセカの笑顔が素敵だと頬を赤らめるが、シツァは、横顔のほうが印象的で、笑顔は薄らぼんやりしか思い出せない。

眼の形が、矢尻みたいで好きだ。すらりと切れ長で、触れると切れそうなのに、眉尻を下げて困ったふうに笑うから、その下がった目尻の、その目元がなんだか可哀想で、さみしそうで、可愛かった。

いま思い出しても、抱きしめてやりたいと思う程度には。

それでいて、薄く笑みを湛《たた》えた唇の、その口端ががぶりと大きく開いたなら、きっと獰《どう》猛《もう》な印象に変わるだろうから、あの口許《くちもと》も好きだ。

飼い主としては、好印象。

ただ、なんとなく気味が悪いからシツァは近寄りたくない。

だが、あの男がそうして他者を思いやれるほど心を強くするまで、一体どれほどの時間を要したのだろう……とは思う。シツァは、まだ、他人の為に微笑むほど強くはない。あんなふうに、他人から好かれるような優しい笑い方はできない。

為政者は嫌いだが、あの男の美点だけは尊敬できる。

人心を得る為に見習いたいとさえ思う。

「……ったく、女どもは天上のお星様に夢中だ。たまったもんじゃねぇな」

隣に座る下男が、シツァに話しかける。

「俺は、遠くのご主人様より目の前の女のほうが気になるな」

シツァは下男と肩を組み、「ここは可愛い子が多いな」と囁いた。

「新入り、いいこと教えてやるぜ。アイレンは五年の奉公が終わったら許嫁《いいなずけ》と結婚するらしいから、手を出さないほうがいい」

「ご忠告どうも。……で、アンタは誰狙《ねら》いだ？」

「ファリ。あの、硝子玉の簪《かんざし》が似合ってる子だ」

シツァの言葉に、下男は頬を赤らめた。

「俺はあの赤い服の子だ。新参者の俺にもメシの盛りがいい」

「あの子は気が多いぞ。それなら、あっちで小鳥に餌をやってるユンエにしろ」

「あれはきれいすぎて狙っている奴が多そうだ」

「おい、お前ら、そういう話なら俺も混ぜろ」

シツァと下男の話に、他の男が何人か混じってくる。

「いやぁね、男はすぐにそんな話ばっかり」

即物的な男どもに辟易《へきえき》している女たちは、いかにイェセカが素晴らしいかを話すことで盛り上がり、夢見心地の表情で、遥《はる》か高みの存在への想いを馳《は》せる。

ここの使用人たちは、皆、おしなべて仲が良い。

それは、この城内のどこで働く者たちにも当てはまった。

宦官だけでも千人以上、下男下女、女官や侍従、衛兵から奴隷までを含めると数万を越える人材が働く職場だ。当然のこと、多少のいざこざはあるが、この規模でこれなら上出来だろう。意地の悪い宦官や、目聡《めざと》い役人も何名かいるが、袖の下を摑ませれば引き下がるような小者か力任せの乱暴者で、さほどの脅威ではない。

シツァはそれらを判別するのに一ヶ月ほどを要したが、そのひと月の間にすっかり周囲に馴染《なじ》んだ。

城内で使役される奴隷は、大半が汚れ仕事に充当する。城内の清掃、汚物処理、下働きのさらに下働き。シツァは奴隷だが、剣を使う。そういう奴隷は、軍事演習にも参加する。官位もない駒《こま》のひとつだが、武器も与えられるし、給金もすこし得られる。

ただ、シツァは軍人ではないから、兵隊としての教練の他に、奴隷としても働かなくてはならない。平時において、年若く、体力のあるシツァは、他の奴隷や人足、兵隊らとともに、吉佳宮の北壁で力仕事に従事していた。

「補強工事とはいえ、えらく大がかりだなぁ……シツァ、お前、なんでか知ってるか？」

「北方から攻めてくる敵を防ぐ最後の砦《とりで》だからだろ」

土嚢《どのう》を肩に担ぎながら、奴隷仲間の疑問に答える。

「シツァ、これはどこまで運べばいいんだ？　ここか？」

「それは向こうだ。ほら、あの屋根のところ」

両手の塞《ふさ》がったまま、また別の仲間に顎先で指し示す。

「シツァ、今日の進捗《しんちょく》を報告しなくちゃならんのだが、俺はどうにもヂャン公公《ゴンゴン》が苦手でな……」

「伍長殿、では自分が行ってきます。それから、あっちの材木と土嚢は昼から運べばいいとファン様が許可をくださったのですが、皆に休憩を与えて構いませんか？」

「あぁ、そうしろ。今日は暑いからなぁ……お前はどうする？」

「俺はヂャン公公のところへ行って、その後、ファン様に呼ばれているのでそちらへ向かいます。……すみません、ご用がそれだけでしたら作業へ戻ります。小鬼《チビ》、その荷物こっちに貸せ。お前にそれはまだ無理だ」

シツァは伍長に頭を下げ、幼い少年の肩から土嚢を取り上げる。

「俺でも運べるよ」

「最初のひとつはな。……お前、二つめ、三つめも同じ早さで運べるか？」

「…………」

「ほら、肩が痣《あざ》になってる。それに、お前にはあっちで煉瓦《れんが》を積んで水泥《セメント》で固めるっていう仕事をさせてたはずだ。持ち場を離れるな」

「そうだけど……」

「なぁ、小鬼。何事も順番だ。いまは俺が大人で、お前が子供だから、俺はお前にこんなことを言う。けど、お前が大人になって、俺がジジイになったら、その時は、俺がお前に助けてもらうことになる。だからいまは、自分にできることをしてくれ」

「…………」

「返事」

「はぁい」

「よし、じゃあ持ち場へ戻れ」

少年の頭をくしゃりと撫でてその背を見送ると、シツァは作業中の仲間たちに「ひと段落したら休憩と水分の補給を」と声をかけた。

「シツァ、お前は？」

「頼まれごとを済ませてくる」

預かりものの書簡を片手にそう答えると、息つく間もなしに東院へと急ぐ。

だらだらと滝のように流れる汗を、手の甲で拭う。頭を使う官吏は、袖や裾の長い上衣を身に着け、軍人は洋式のシャツや肌着と軍袴《ぐんこ》に軍靴をあわせているが、力仕事ばかりのシツァたちが着るのは、襟が低く、袖と丈の短い短衫《ドゥアンシャン》だ。木綿でできていれば上等で、大抵は着古しか、死人のお古、古びた寝具から仕立て直したものだ。それとあわせて七分丈の短袴《たんこ》を腰布一本で締め、裸足にぺったんこの布靴を履く。動きやすさを重視したこれが、労働者階級の一般的な恰好だ。

覇州の夏は短い。あっという間に冬がきて、一面真っ白で一寸先も分からないほどの雪景色となり、湖面や川面《かわも》には氷が張り、びょうびょうと風雪が吹きつけ、酔っぱらって路上に寝たなら瞬く間に凍え死ぬ。

そうして、雪解けの頃になると、また、北から敵が攻めてくる。だからこそ、いまのうちに補強できるところは補強して、来年に備えなくてはならない。イェセカはそれを見極め、通年で公共事業を怠らない。彼の功績により、この城市は堅牢《けんろう》だ。

「それはそれで厄介だな。……ランズに話しておくか」

そう独りごちて、シツァは背後の城壁を見上げた。

＊

奴隷の子供たちが取っ組み合いのケンカをしている。声変わり前の甲高い声はよく通り、よくよく聞き耳を立てずとも、他愛《たわい》ないケンカの内容が耳に入ってきた。

「元気なのはいいことだが……」

北壁の様子を見に来たイェセカは、歩みを止めた。

「止めてきますか？」

「いや、待て」

片手でチエを制し、視線を斜めに流す。

北壁の方角から、忙《せわ》しなく走りくるシツァの姿があった。

細く長い手足を陽射しの下でよく動かし、風を切って走れば琥珀の髪がなびき、陽光に金糸がきらきらと煌《きら》めく。土木作業に汚れた白い膚は、まだ年若い青年のしなやかで薄い肉が張っただけの代物で、到底、肉体労働者のそれには見えない。

ただ前を見据える、そのひたむきな眼差しゆえか、埃っぽい衣服の素朴な出で立ちであっても、思わず見惚《みと》れてしまうような爽《さわ》やかさがある。

イェセカとチエには気づいていないのか、通りがかりのシツァはケンカする子供たちを無視もできずに立ち止まり、仲裁を始めた。

「お前ら、ケンカするな」

鼻血を出す子と、摑みかかる子の間に割って入る。

「シツァ！　聞いてよ！　こいつが、奴隷に生まれたら人生終わりだって言うんだ！」

「だってお父さんが言ってたんだもん！　奴隷は死ぬまで奴隷だって！」

「でも、旦那様は、僕たちが大きくなる頃には、奴隷も他の人も区別がなくなるって言ってた！　ねぇ、シツァ！　シツァもそう思うよね⁉」

「うるさい！　お前、黙れよ‼　奴隷のくせに‼」

「うるさい！　奴隷のくせに‼」

「こら、落ち着け。お前らどっちも奴隷だろうが」

シツァは呆《あき》れ気味に子供たちを引き剝がす。

親に将来の不安を吹きこまれた子と、あるじであるイェセカの言葉を信じる子。

未来のないシツァには、どちらの言い分も否定できないけれど、いま、分かっていることもある。それを、子供たちに訥々《とつとつ》と語り聞かせた。

「いいか、奴隷同士の死闘は禁止だ。勿論《もちろん》、ケンカもな。……そして、俺を含め、お前たちは全員が旦那様の財産だ。旦那様の財産を傷つければ罰せられる。なぜなら、旦那様の財産を傷つければ、旦那様に不敬を働いたことになるからだ。そして、お前たちはいま互いに旦那様の財産を傷つけあっている。それはこの吉佳宮で赦《ゆる》されていない」

「そういうの分かんない！」

「そうだな。分かんないな。……でも、お前らの旦那様は、お前らを傷つけるか？　ひどいことをするか？　鼻血が出るまで殴るか？」

「………………」

「殴んないだろ？　お前ら、大事にされてんだから、それに誇りを持てよ。お前らのご主人様は……たぶん、善い人だ。区別なく俺たちを扱ってくれる。なのに、お前らが、奴隷だからってその輪のなかで上下をつけてどうする。弱い者いじめはするな。歯向かう相手を間違えるな。自分のことも、他人のことも、大事にしろ。人としての尊厳を失くすな」

「……シツァ」

「なんだ？」

「むずかしいこと、わかんない」

「………ごめん」

「でも、ケンカはやめる。……ごめんね、僕の好朋友《親友》」

「………うん、いいよ。でも、もうぐーで殴んないでね」

「そんなこと言ってお前らすぐケンカするからなぁ……。ほら、あんまり北壁で遊ぶな、危ないから。どうせお前ら、子守りを放り出してきたんだろ？　早く戻れ」

シツァは、子供たちに優しく言い含め、城内へ帰れと急《せ》かす。

それから、子供たちの仲裁で時間を食った分だけ急ぐのか、さっきよりも早足であっという間に東院のほうへ駆けていった。

「立派な心根を持った青年ですねぇ」

「……そうだな」

「ご主人様は、また褒められておりましたねぇ」

「あいつには、俺の傍《そば》で俺を褒める仕事を与えたいくらいだ」

「お顔がまたえらくゆるんでらっしゃいますよ。皆に示しがつきませんから、北壁に着くまでに、しっかりお口許の筋肉を引き締めてくださいましね」

「あぁ。……なぁチエ、シツァはえらくここに馴染んでいるようだが」

「はい、さようでございますね」

聡い宦官は、照れ隠しの話題転換を快く受け入れる。

「何か報告を受けているか？」

「そうですねぇ……あの子が来てからというもの、北壁工事の進みが早いそうですよ」

「ファンもそんなことを言っていたな」

「シツァが奴隷たちの中心になって、兵士との間に立っているそうで……。お蔭様で、小競り合いも減ったとか。あちこちの力関係を調整するのが得意のようで、折衝役に向いてるんですかね」

力仕事も進んでこなすし、汚れ仕事もいやがらない。奴隷仲間や下働き連中、血気盛んな軍人や兵隊、気難しい宦官や官女たち、それらのどの集団とも親しい関係を築き、和を取り持ち、爽やかで明るく、笑顔で、城内で住み働く者たちの子供からも好かれている。

「懸命に働く奴隷だと、ヂャン公公も褒めてらっしゃいました」

「ヂャンが褒めているなら相当のものだな」

「この覇州には、北方異民との混血が多いですが、あの子の見た目はわたくしどもとはまるで異なります。ですから、それはもう並々ならぬ努力と苦労かと」

それはさながら洋の東西を問わず、その良いところを集めたような見目と性質だ。

シツァは決して得意気になって己をひけらかすことなく、皆から好かれるように努力し、周りを気遣い、控えめで謙虚に振る舞い、それでいて知恵を巡らせて物事を円滑に推し進める努力を怠らず、困っている者に手を差し伸べることを忘れない。

「妬《ねた》み嫉《そね》みの象徴のような奴隷だな」

黒目黒髪が多いこの国で、あの髪と眼は悪目立ちする。シツァは、他の真照族《チェンヂャオ》よりも頭ひとつ背が高いし、目鼻立ちもはっきりとしていて整った顔立ちをしているから、そういう意味でも、他者から妬まれやすいだろう。

「北壁工事の初日に、奴隷への待遇でファン将軍とやりあったそうですよ」

「あいつとシツァじゃ、猛虎と仙女だぞ」

「ご主人様がシツァをどういう目で見ていらっしゃるかよく分かりました」

「…………」

「まったく、それにつけても、あの子の潔さには惚《ほ》れ惚《ぼ》れします」

「……あれは、潔いのか？」

「潔いでしょう。皆の為にと、筋骨隆々の将に立ち向かっていくのですから」

他人の為に必死になれる人間は、少ない。そうした人物は、いずれ他者からの信頼を得て、人心を集める一角の傑物になるだろう。シツァが奴隷であることが惜しいくらいだ。

「ご主人様は、なにやらご納得がいかぬご様子で？」

「己よりも身分の高い将を相手に、奴隷が拳《こぶし》ひとつで歯向かうっていうのは、潔いという言葉で片づけていい話か？」

「……罰を与えますか？」

「いや、いい。もう終わった話だろう、蒸し返すのは野暮だ」

「では、シツァに役職でもつけますか？」

「いや、いい」

秀でたものがひとつでもあるならば、身分の上下なく責務と俸禄を与えるのがイェセカの方針だ。だが、シツァを買ってまだひと月。もうすこし経ってからでないと、余計なやっかみを受ける。

「お傍に置いていらっしゃりたいなら、浄心させるという手立てもありますが」

わたくしのような宦官にして、傍に置かれますか？

あれはすこし薹《とう》が立っておりますが、大事なところを切り落とせば、いますこし性格も丸くなり、腰回りの肉付《ししづ》きも柔らかく脂《あぶら》が乗り、向こう見ずに突っ走ったりせず、淑《しと》やかにご主人様のお傍に侍《はべ》ることでしょう。

「おや、噂《うわさ》をすれば影」

用事を済ませてきたのか、シツァが両腕に荷物を抱えて、北壁へ走っていく。

イェセカとチエにも気づかぬほど、まっすぐに前を見ていた。汗の雫《しずく》が真珠粒のようにきらきらと中空に舞い散り、ぱさついた琥珀で編んだ三つ編みが快活に揺れる。

固く引き結んだ唇のその横顔があまりにもひたむきで、見ているこちらまで「あぁ、自分もっと精進しなければ」と、そんな気持ちにさせられる。

「あれは、きれいな子だな」

「はい、本当に」

見た目の話ではなく、彼を見ているだけで、「あぁ、きれいな生き物だなぁ」とそんなふうにしみじみと思ってしまうような、心が洗われるような、見ていて惹《ひ》きつけられる何かがあるのだ。

人を惹きつける絶対的な何かがあるのだ。

「特に、あの横顔がまるで一幅の美人画のようで……ツンとした鼻先が愛らしくって……実に好みの顔立ちをしております」

「チエ、お前、あぁいう顔が好みか」

「何を仰いますか、ご主人様の好みの話でございますよ」

「……そうか、俺の好みの話か」

「はい。さようにございます」

「なら、俺は価値のある財産を手に入れたのだな」

良い買い物をした。

贔屓や特別視をするわけではないが、働かない奴隷とよく働く奴隷なら、よく働く奴隷のほうが可愛く見えるのが、世の常だ。

＊

「シツァ……ここ、本当に人が来ないんでしょうね？」

「来ない来ない。……真夜中にこんな北壁の端になんか誰も来ねぇよ」

「やだ、これ、煉瓦じゃないの。こんなとこに座ったら痛いわ」

「なら、俺の膝《ひざ》にでも乗るか？」

「アンタの立派な真ん中の足に跨《また》がってやろうか？」

「そりゃ大歓迎」

「……なぁんて言いながら、アタシの為に手拭いを敷いてくれるアンタが好きよ。……しかしまぁ、アンタ上手く入りこんだわよね、驚いちゃった」

「俺はランズほど上手く立ち回れねぇよ。ここへ買われたのも単なる偶然」

「アンタはいっつも謙遜《けんそん》してばっかり。たまには鼻高高《はなたかだか》で自惚《うぬぼ》れなさい。気持ちいいわよ？　……で、本題なんだけど……どう？　ここには馴染んだ？」

「あぁ。……ここは、兵隊も奴隷も行儀が良くて、監視もゆるいし、動きやすい」

「全体的に街んなかもそんな感じよ。暮らしやすくって、アタシらのしてることが馬鹿馬鹿しくなっちゃう。……ね、シツァ、ちょっと耳を貸してちょうだい」

「返せよ」

「まぁ、そんなこと言うなら、ランズにお手紙届けてあげないわよ」

「ごめん、機嫌直して」

くすくす、ひそひそ。吉佳宮の機織り娘と奴隷男の密会だ。

蠟燭《ろうそく》の灯《あか》りひとつの納屋で、シツァとユンエが身を寄せ合う。性別だけを見れば男女の逢瀬《おうせ》だが、二人ともが悪戯っぽくはにかみ、仲の良い姉妹のように振る舞うものだから、それはまるで仙女が水辺で遊ぶかのような雰囲気を醸し出す。

「……で？　イェセカ様の奴隷だけどさ……どう思う？　こっちの奴隷……」

「無理だな。あいつへの忠誠が高い。奴隷をこっちに引き入れるのは可能でも、後の扱いが面倒だ。北方五州は諦めて、首府だけに絞って動いたほうがいい」

「ランズにもそう報告しておく？」

「いや、予定通り、もうすこし様子を見てからあいつと判断する」

「そう？　…………シツァ？　ねぇ、シツァ……なぁに？」

「足音がふたつ」

ユンエを押し倒し、髪をまとめた簪を引き抜く。艶やかな黒髪が煉瓦の上にパッと散った。シツァは、ゆるくはだけさせたその胸元に顔を埋めると、己の腰紐《こしひも》もまた片手でゆるめる。ユンエもそこでシツァの意図を察したのか、細い両腕をシツァの背に回した。

途端に、納屋の外から、眩《まぶ》しい光がチラついた。

蠟燭よりももっと光源のある灯籠《ランタン》だ。それも、宦官が持つ六角形の宮灯《ランタン》。彼らはそれを提げ歩き、あるじの足元を照らす。ユンエが、「アンタ、相変わらず耳がいいわね」と笑うので「目はあんまりだけど、耳には自信がある」とシツァは応えた。

ひとりの男とひとりの宦官が納屋の戸を開けたのは、それからすぐだ。

「こんなところで逢《あ》い引きか？」

「……きゃっ……イェセカ様っ！」

ユンエはごく自然に恥じらい、肌蹴《はだけ》た胸元を隠す。

「日中の仕事に真面目な分だけ、こちらが奔放でしたか……」

どこか憮然《ぶぜん》とした表情のイェセカの隣で、チエが額に手を当て嘆息した。

「褒められた雰囲気じゃなさそうだ」

シツァは悪びれたふうもなくユンエを背後に隠し、視線だけをイェセカに向けた。

「…………」

イェセカは、乱れた衣服のシツァを上から下まで凝視して、立ち尽くす。

「かける言葉もないか？　……あぁ、まぁいいか……チエ様、この場合、何か罰則でもあるんですか？」

「宮中には宮中のしきたりというものがあります。……まぁ、今回は、公序良俗、風紀を乱し、規律違反を行ったものの、これは犯罪行為ではありませんから……殿下、この者たちの処罰はいつも通りで……殿下、殿下？」

「シツァはどうしてこんなことをしたんだ？」

イェセカが小首を傾《かし》げた。まるで、幼子が「どうして馬は走るの？」と母親に問いかけるような純粋な眼差しで。

「……どうして……って……ユンエと二人きりで逢いたかったから」

「お前は明るく爽やかで、勤勉でよく働き、俺のことをよく褒める奴隷じゃないのか？」

「……なんだそれ、気持ち悪い」

「だって、一所懸命働いていたじゃないか」

「そりゃ、それが奴隷の仕事だからだ」

「尽くす相手がいるのに、まだ女と逢い引きしたいのか？」

「ここの城主様は奴隷のシモの管理までしてんのか？　……やめろよ、鬱陶《うっとう》しい」

なんなのだ、この男は。

なぜ、そんな裏切られたような目をして、こちらを見るのだ。

そんな目で見られたら、まるで自分が悪いことをしているようで、ひどく責められているようで、可哀想なことをしてしまった……と、そんな気持ちになってしまう。

「チエ、その女を連れて中院へ戻っていろ」

「畏《かしこ》まりました。……殿下はいかがなさいます？」

「すこし、これと話す」

「あまり無体をなさいませんよう。……女、来なさい」

「………」

シツァはユンエの肩を抱き、庇《かば》う。

「えらくその女を大事にするんだな」

「当たり前だ。こういうことする仲だぞ」

守らなくては。

その想いが先行して、シツァの言葉尻が尖《とが》る。

「悪いようにはしない」

「絶対に手を出さないと約束しろ」

「……州公が？　奴隷に？　……約束？　面白いことを言う……が、まぁいい、よし、約束してやる。お前の女をどうこうしたりはしない」

「シツァ、大丈夫よ。ご主人様はアタシたちに酷《ひど》いことしないから」

「……でも」

「大丈夫。それより、アンタこそ気をつけなさい」

ユンエはシツァの腕からするりと抜け出ると、チエに促され、納屋から出た。

シツァが心配そうにいつまでもユンエの出ていった扉を見ているものだから、イェセカはそれがまた気に入らないのかして、扉とシツァの間に割って入り、立ちふさがる。

「折檻なら俺が受けるから、あいつに罰は与えるな」

あぁ面倒なことになった。

シツァはがしがしと頭を掻いて、煩《わずら》わし気に己の三つ編みを引っ張る。

「……それから？」

「あいつは何も悪くない。俺がぜんぶ悪い。罰なら俺が受ける。頼むから、あいつに酷いことはしないでくれ」

「酷いこと？」

「鞭で、叩く……とか……爪《つめ》を剝ぐとか……石の床に跪《ひざまず》かせて、棒に括《くく》りつけて、汚水を浴びせるとか、ご飯なしとか……そういうの……」

「それをされたことがあるような口ぶりだ」

「俺は慣れてるけど、あいつはまだ嫁入り前だ」

「そしてお前は、将来の嫁の奴隷というわけか」

「……よ、め……？　……痛、っ！」

三つ編みを摑まれ、力任せにぐいと引き倒される。

「シツァ、忠誠を捧ぐ相手を間違えてはいけない」

三つ編みを手綱のように手首に絡めて握り、積み重なった煉瓦に腰を落ち着ける。犬と同じ四つん這《ば》いをシツァに強要し、跪くその背を踏みつけたかと思うと、ご自慢の長い足をどかりと乗せた。

小窓から差し込む月光を背にして、鋭く睨《にら》みつけるシツァをよしよし。

頭を、撫でた。

「……っざけ、ん、なっ」

イェセカの足が重い。躰を起こそうにも力負けして、両膝の骨が石床に押さえつけられ、ごり……と擦《こす》れる。

「同じ奴隷にはえらく優しいのに、俺には反抗的というのは……どういう了見だ？」

「はあ？」

「それ、その態度だ」

「俺はアンタみたいな王侯貴族とは違うんだ。裏の意図を読み取って、察して、慮《おもんぱか》って、気ぃ遣うとか器用な真似《まね》はできない。もっと分かりやすく話せ」

言葉でぐちぐちと叱責《しっせき》されるくらいなら、殴られたほうがまだマシだ。

「では、身を以《もっ》て学べ」

イェセカの言葉に、シツァは身構える。

折檻をされるのは仕方ない。

でも、できたら明日の仕事に差し支えない程度がいい……なんてことを願い、だが、過去の経験から、それが無駄な願いだと知っているシツァは諦めて瞼《まぶた》を落とす。

「……?」

下半身に触れる何かに、眉根を寄せた。

最初は、革の靴先。イェセカは、王侯貴族が好んで履くような刺繍の豪華な絹の靴ではなく、軍人が用いる革製の軍靴を常用している。それが、またぐらの間に忍び入り、布越しにシツァの性器を押し上げた。

「腰は高く、頭は低く」

イェセカは、その足先で、ぱん、とシツァの腕を蹴り払った。

「う、あ⁉」

上半身を支えていた両腕が床を滑り、頬からべちゃりと地面に落ちる。

「これでちょうどだ」

「……っ、く」

背面で結んだ腰布の隙間《すきま》にイェセカの指が忍び入る。それを支点に躰を引っ張り上げられると、またひとつ腰が浮く。

「なんだ、お前、立派なものを持ってるじゃないか」

衣服の下に隠れた陰茎を靴先に乗せ、その質量と太さを褒める。

「……っ」

息を、呑む。

空気の塊が、こぽりと喉を通って、胃の腑にまで落ちる。

「この間は萎縮《いしゅく》していたのか？」

「う……っせぇ、よっ」

「これなら、さぞかし誇って、盛大に使いたくもなるだろうな」

腰布を解き、直《じか》にそれへ触れる。形を確かめ、重さを愉《たの》しみ、指の間で竿《さお》を扱《しご》きながら、掌で陰嚢《いんのう》を揉む。ずっしりと重いわりに黒ずみもなく、皮もかぶっていて、柔らかい。

「気持ち悪い……」

感覚に疎いのか、馴れていないのか、シツァはただ嫌悪を示す。

「こんなに気持ちのいいことが気持ち悪いのか？」

「やめろ、触るな」

「どうして？」

「…………きたない、から」

「汚い？」

「風呂《ふろ》、入ってない……」

「お前、風呂にも入っていない汚いモノを好いた女に突っこむつもりだったのか？」

「それはっ……でも、………だって、アンタは、きれいだろ」

泥汚れもなくて、汗もかいてなくて、毎日湯浴みをして、きれいな服を着て、清潔な寝床で寝起きして、汚れるといえば、書き物をしている時に墨で手指が汚れるくらい。そんなきれいな生き物が、自分に触ったりなんかしたら、汚れる。

「こう見えて俺も人の血に汚れた身だ。気にするな」

「っ、ぅ」

いやだ、気持ち悪い、ぞわぞわする。

イェセカの手は指先まで熱く、掌が肉厚で、筋張っているのに筋肉質で硬く、がさついている。その手を遠ざけようとすれば陰茎を強く握られ、シツァの指先がゆるむ。

「宝の持ち腐れにしてやろう」

「ひっ」

ばちんっ。いままでに味わったことのない痛みが下肢を襲う。それは強いて言うなら、精通を迎えた時に、最初の飼い主に股間《こかん》を踏まれたのと同じような、痛み。

首をぐっと曲げて己の下腹を見やるが、暗がりでよく見えない。ただ、中途半端に勃起《ぼっき》したそこからたらたらと雫が滴り、それが両脚の間の石床にぽつぽつと染みを作っている。

「くれてやる」

「……ぃ、たい」

「ここを小さくすれば、そうでもなくなる」

シツァの陰茎をするりするりと撫でさすり……、ぎゅうと力をこめた。

「ふっ……ぁぐ」

肝の冷えるような鈍痛に、膝が崩れる。

「服従した狼も、こうして腹を出すのか？」

横倒しになったシツァの腹を蹴りつけ、仰向けに転がす。

ゆるく勃起したまま、ぺとりと足の付け根に寝たような陰茎を、靴先で踏む。竿は芯《しん》があって固く、陰嚢はふにゅりと柔らかい。悪くない感触なのか、イェセカは気に入ったようで、執拗《しつよう》にそこを嬲る。

「……俺に、なに、っし、た……」

短い息で胸を弾ませ、シツァは己の惨状に目を白黒させた。

これはたぶん、腕輪だ。

それも、イェセカの手首を飾っていた腕輪。

それが、シツァの陰茎の根元に嵌《は》められている。

親指の幅くらいある平らな素材で、手首に合わせて調整する為に、差し込み式の留め具がある。イェセカの手首にぴったりの寸法で作られているが、シツァの陰茎に嵌めても、ほぼちょうど。だが、萎《な》えれば隙間ができるだろう。

　イェセカは、純金でできた柔らかいそれを陰茎の根元に嵌めると、その隙間を陰茎の太さまでぎゅうと絞り、留め具の受け口に反対側の金属バネを差し込む。そうして、二度とそれを外せぬよう、二つの留め具を重ねた状態で、受け口を潰《つぶ》してしまう。

　親指の爪ほどの噛み合わせひとつで、ここはもう二度と勃起もできないし、したとしても激痛に萎えて、女と交尾する気にもなれないだろう。

「お前、よもや自分の勝手で番《つがい》を決められるとは思っていまいな？」

「……ぃ、ぐ」

「あぁ、痛かったか？」

　金具を潰した瞬間、肉に食い込んだのかして、シツァは身体をくの字にして呻《うめ》く。

　よしよしと背を撫でてやると、脂汗が浮いていた。

「ふ……っ、は」

　痛みに息が詰まり、それを振り払うようにイェセカの手を摑む。

　手首の内側に爪を食いこませても、イェセカはびくともしない。

「お前、他人の面倒ばかり見て、他人の荷物まで背負《しょ》い込むから、背の筋がこの間より腫れているじゃないか」

「外せっ！」

「自力で外せ」

この奴隷は、いままで一度も、誰にも、痛みに歪む表情を見せなかった。なのに、いま、イェセカが施した、たったこれだけのことで、とてもつらそうな顔をする。

陰茎は萎縮してしまったが、それでも、金環はぎゅうぎゅうと肉に食いこみ、しっかりと役目を果たしている。色の白い皮膚に、透けるような肉の色。琥珀色した陰毛を巻き込み、シツァをひどく戒める。

「はず、せ……はっ、ずれ……なんでっ」

すっかり肉に埋もれた金環は、爪先一枚ほども通さない。引き抜こうにも陰毛が引っ張られて痛いし、余計に肉が締まって痛む。金具ごと潰そうにも力をこめると下腹がすっと冷えるような恐怖で身が竦み、手も足も出ない。

「あぁ、かわいいな」

「……っ！」

目の前の男が飼い主であることも忘れて……、この男の発言ひとつで自分の首など飛んでしまうことも忘れて……、イェセカに拳を振り上げた。

「外してやろうにも金具を潰してしまった。俺にはどうしようもない」

振り上げたシツァの右手を、イェセカが受け止める。

「…………これ、小便どうすんだよ……」

じりじりと睨み合ったのち、シツァは諦め気味に嘆息した。

「頑張ったらすこしずつ出るんじゃないか？　……あぁ、不安ならいまここで練習をさせてやろう」

上手にできたら、頭を撫でて褒めてあげよう。

「頭、おかしいのか……」

「いいや」

「こんなことしても意味ないだろうが」

「俺が俺の財産を飾るんだ。それだけで意味がある」

「……飾る……？　……飾るんじゃなくて、殴れよ」

「どうして可愛い財産を殴れる？」

「か、……え……だって……だ……？」

なんだ、それ？

何を言ってんだ、こいつは……。

「それになにより俺の財産が俺の財産を孕ませたとあっては一大事だ」

「……？」

「俺の財産は、俺の管理下に置く。そして俺は、お前が女に種をつける贅沢を許さない」

「ざけんな……！」

咄嗟に、今度は左の手が出た。その手もまた受けられる。

「こら、じゃれるな」

「……！」

両腕を封じられたシツァは頭突きを見舞ってやろうと両腕をめいっぱい手前に引く。

途端に、イェセカの大きな図体が前のめりに倒れてきた。

潰れる！

反射的に眼を閉じるが、覚悟していた重さや痛みはなかった。

その代わり、ふにゅりとやわらかい感触が、唇にあった。

「……シツァ？」

「………」

名を呼ばれ、そろりと瞼を開く。

睫毛の触れる距離に、イェセカの顔があった。シツァに体重をかけぬよう汚れた床に片腕をつき、もう片方の腕でシツァの後ろ頭を抱いている。

シツァは脚の間にイェセカの胴体をすっぽりと収め、まるで男女がまぐわうような恰好で抱かれていた。

「油断した。お前、案外力が強いな」

「…………」

「怪我《けが》はないか？」

「……っ」

庇われた。

奴隷が、飼い主に、庇われた。

まるで女にするみたいにして、大事に扱われた。

「シツァ？」

「……こっち、見んな！」

本能はそう叫ぶのに、シツァの名を呼ぶその唇から、目を離せない。

どうにも見ていられず目を逸《そ》らし、両手でイェセカの口を封じる。

そうしたら、イェセカがゆるく頭《かぶり》を振ってその手を払う。

「そんな泣きそうな顔をされると、可愛さあまって殴りたくなる」

「……し、るかよっ」

もう、いっぱいいっぱいなんだよ。

頭のなかがぐちゃぐちゃで、どの感情からどう処理していいか分からなくて、泣きそうなんだよ。俺は馬鹿だから、奴隷だから、単純なことしか分かんないんだよ。

支配する側なら、支配しろよ。

それ以外は、するな。

気持ち悪い。

約束通り、ユンエにお咎めはなかった。彼女は職を解かれることもなく、今日も元気に機を織っている。けれども、一度でも目をつけられたからには、当分、二人で逢うことは控えるのが賢明だろう。

＊

さて、自分にはどんな罰が待ち受けているのか。

二人分の罰をひっかぶるのだから、昨夜のあれでは到底贖えたものではない。

「シツァ、殿下がお召しです」

その考えを肯定するように、翌日、宦官のひとりがシツァのもとを訪れた。

「よかったな、きっと褒美がもらえるぞ。お前、よく働くからな」

「イェセカ様は我々のことよく見ていてくださるから、きっとそうだ」

共に働く兵士や奴隷仲間に笑顔で送り出された。

イェセカは、時折そうして臣民を労《いたわ》り、褒美をとらせるらしい。身分の上下関係なく、日頃の成果を評価するので、イェセカからの呼び出しがあれば、それ即ち、ご褒美がもらえる、という常識が罷《まか》り通っているのだ。

それに対して、あるじからの呼び出しといえば折檻、というのがシツァの常識だ。

よそから買われてきた奴隷なんかはその感覚でいるから、この城へ来て初めてのイェセカに呼び出しにびくびくと怯えていたら、ご馳走と豪華な服の一式に金子を与えられて感動した……、なんて話もある。

まるで、己の成果を認められて、父や母に褒められるような喜びを得るらしい。

だから、この覇州の人民は皆、イェセカの為によく尽くすのだ。

だが、そんな施しは、王侯貴族の気まぐれだ。奴隷制や現王朝へ不満を抱く層へのガス抜きだ。本質から目を逸らす為のおためごかしだ。

そんな反感を抱くのは、シツァが奴隷という身分であるからと、昨日のアレが原因だ。小便こそなんとか排泄《はいせつ》できるが、こんな物をつけられて、たまったもんじゃない。

その上、これだ。

「……っ!!」

なよなよとした宦官が、六人がかりでシツァを机に押さえつける。

俯《うつむ》けにされて、上半身を机に。頬がべちゃりと潰れるくらいしっかり。強引に開かされた両手足は、丈夫な布で丸机の脚に括りつけられる。

今日は、先日とはまた異なる部屋へ通された。

この部屋には、鳥がいない。悪趣味な調度品もない。けれども、二間続きの広い部屋だ。石造りの蒸し暑さもなく、風通しもよく、それでいて薄暗さもない。

最低限の家財道具の他は、紫檀《したん》の書き物机と椅子、壁際に沙俄《シャア》国製の小銃モシン・ナガンや、徳《ダ》国製のゲヴェアが台座に立てかけてあり、窓辺には世界地図と地球儀がある。鳥のいた部屋のように、きらびやかな装飾はひとつもなく、目がちかちかするような宝石もない。この殺風景で武骨な部屋こそがイェセカの私室で、あの鳥のいた部屋は、鳥小屋と趣味の品を寄せ集めた倉庫だとチエに教えられた。

続きの間に、黒檀《こくたん》と黒漆で造られた長方形の椅子が据え置かれていた。胡坐《あぐら》をかけるほどの座面を持った大きな椅子で、背後にチエを控えさせたイェセカがそこへ腰かけている。見るからに奇妙な出で立ちをしたイェセカは、長い足をひとつ組み替えた。

「租界で流行《はや》りの恰好だ」

シツァに見せびらかすようにして、イェセカはそう言った。

白いシャツ、結び目の太いネクタイ、濃紺の三つ揃《ぞろ》えと革の靴。背の高く、眉の濃いイェセカには似合っている。誂《あつら》え品ゆえか、騎馬民族であり、武器を振り回す機会も多いこの男の体軀《たいく》にもぴったりで、肩周りや太腿が窮屈に見える気配もない。

シツァは、これまで一度もイェセカが襟の高い旗袍《チィパオ》や伝統的衣装を身に着けた姿を見たことがなかった。この男は、いつもシャツとズボン。もしくは軍服か、今日のような背広姿だ。

「偉大なる照国の親王殿下が、洋鬼子《ヤングォイズ》の真似事などを……」

「知己知彼《ディィビィディィズゥ》、百戦不殆《バイヂャンブゥダイ》（彼を知り、己を知れば百戦危うからず）」

「またそんなこと仰って……」

「……アンタの着せ替えごっこを自慢する為に、俺は縛りつけられてんのか？」

「おや、黙って縛られているから、てっきり従順になったかと思えば……」

てっきり昨日のアレで怯えるかと思ったら、警戒心剝き出しだ。

他の仲間にはいつも通り友好的な態度なのに、イェセカにだけは牙《きば》を剝く。

「クソ食らえ」

逆らわないのは、昨日の今日だからだ。

いま、余計な揉め事を起こしたくないだけだ。

そして、できる限りアンタとかかわりたくないだけだ。

「狼を手懐《てなず》けるのは、存外難しいものだな」

「てめぇらなんかには一生懐くもんか」

「では、今日を機にその考えを改めてくれ」

イェセカが目配せをすると、チエが「始めなさい」と指図する。

宦官がシツァの上半身を裸にして離れると、別の男がシツァの背後に立った。木綿の長衣とゆったりとしたズボン。長髪を一本の三つ編みにし、それを首に巻いた男だ。

銀の水盆、熱湯、手拭いなどが次々と運ばれ、最後に、その男が机に革布を展《ひろ》げた。ずらりと並ぶのは、様々な太さ細さの針と染料だ。

「……あぁ」

何をされるのか、シツァはすぐに理解した。

刺青をされるのだ。

飼い主が代わるたびに増やされてきたあの屈辱を、また、刺されるのだ。

「あまり驚かないな」

「そうだな」

「混乱するお前が可愛いのに」

色んなことを一度に経験して、混乱したシツァは可愛い。目に見えて狼狽えて、狼の眼を臆病《おくびょう》に歪めて、それらの臆病に打ち勝とうと指先に力を籠《こ》めて、小さな子供みたいに右往左往する様が、可愛い。昼間の、あの、誰からも頼りにされるシツァとは違って、あの時に見せたあの表情は、言葉にならぬ愛らしさがある。

「……可愛い俺が見たくて刺青を？」

「我ながら名案だ」

「それで、ご大層にそこで見守ってくれんのか？」

「特等席だ」

「アンタえらく歪んだ性癖だな」

「お前のその声と眼で責められるとたまらないな」

シツァとイェセカの会話の切れ目を選び、扎青師《彫物師》が仕事にとりかかる。

下絵があるのかして、扎青師はシツァの背を撫でて肌質を確認し、手元の紙と背を交互に見比べ、なんの予告もなく、シツァの背に針を落とした。

「……っ」

それは、いくらでも耐えられるけれど、屈辱だけはどうしても拭い去れない痛み。

虐げられる側の恨みは、痛みが失せてもなお積み重なる。

「……怒ったか？」

イェセカを睨みつけるシツァに、そう問いかける。

「っ、あ……！」

当たり前だ、と怒鳴ろうとして、やめた。

「口も利きたくないほど怒ったか？」

「…………」

「シツァ？」

「…………っんだよ……っ、これ……っ！」

何かが喉奥にひっかかって、でも、その何かが分からず、的確な言葉にならない。

イェセカが「怒ったか？」と問う、その眉を顰めた表情に応える言葉が、ない。

そのくせ、眼も離せず、言葉を尽くそうにも、じりじりとした鋭い痛みがシッァの思考を邪魔する。

浅く息を吐き、深く吸気を溜め、息を詰め、縛られた両手を握ってやりすごす。

奴隷の背を彩るのは、花紋《ファウェン》と呼ばれるほどの美しい飾り文字。所有者の氏族と名を花鳥のそれに見立てて崩し、その白く肌理《きめ》の細かな背を彩る。芸術性を追求するゆえか、見た目を保持する為か、所有者が代われども統一性のある飾り彫りとして仕上げねばならず、必ず、模様と模様が繋げられるように端の処理をせずに終わる。

次に奴隷を得た飼い主は、その刺青の断端から繋げるように己の花紋で彩り、また、次の持ち主へ渡る時の為に、模様の端を途切れた状態で終える。

「殿下、端の処理はご命令通りでよろしゅうございますか？」

「あぁ」

どこか遠くで、イェセカと扎青師が話す声が聞こえる。疼《うず》く痛みに奥歯を嚙みしめ続けたせいか、どうにも頭の芯が熱っぽく、物事の全てが遠い。いま、どこに針が落ちているのかも分からず、イェセカが「これ以後は一切それが続かぬように」と笑いを含んだ声で命じたようだけれども、ぼやけた視界では、表情から意図を探ることもできない。

「……っ、ふ」

首の付け根に近い頸椎《けいつい》の張り出た部分に、扎青師の手が伸びる。

ただそれだけで、脊椎《せきつい》が昨夜を思い出し、我知らず、熱を帯びた吐息を漏らす。

鼻先がずっとイェセカのほうを向いているせいか、まるでイェセカに触れられているような錯覚に陥る。どっぷりとその勘違いに落ちたまま、思考が止まって抜け出せない。

「俺は黄が使えんから、五彩で調和を取ることも叶《かな》わんし、それならばいっそ墨一色が潔いと思うんだが、お前はどちらが好みだ？」

黄色是皇色《ファンサァシィファンサァ》。

黄色は皇帝の色。だから、イェセカが使うことは許されない。

そうしてイェセカが持ちかける世間話もどこかふわふわとして、いつものように打てば響く憎まれ口も返せない。イェセカも、痛みに耐えるシツァから思うような返答が得られず、憮然とした態度で席を立った。

「返事」

シツァが括りつけられた机に腰かけ、琥珀の三つ編みを引っ摑む。

「……イェセカ？」

「うん？」

珍しく、シツァがイェセカを名前で呼んだから、すこし機嫌が良くなる。

「声、聴かせろ……」

もっと話して、喋って、アンタの音を途切れさせないで。

いままで三度もこれに耐えたけど、ぜんぶ悪い思い出だった。今日は、アンタが傍にいて、アンタの声が聞こえているから、あの時の、あの恐《こわ》さや痛みもぼやけて、ちょっとばかし救われたみたいな気持ちになって、まるで良い思い出みたいに上書きできそうだから。

「……ふふ、変なの。されてることは同じなのに……なんでかな？　さっきのアンタの情けない顔のせいかな？　……前の奴とは、ぜんぜん、違うから……」

「前の男と比べられるのは些《いささ》か不愉快だな」

「アンタ、男が好きか……？」

「これはまた唐突な。……まぁいいか。答えは、応だ。男も悪くない」

熱に浮かされた眼差しを向けるシツァの頰を撫ぜ、声を聴かせる。

「じゃあ、なんで昨日みたいなことした？」

「さぁ、自分で考えてごらん」

額に張りつく前髪を脇へ避け、はぐらかす。

「アンタの周りには、おきれいな宦官がたくさんいる」

「宦官は、部下だ。部下とどうこうなるつもりはないし、贔屓を作るつもりもない」

そうやって宦官に傾倒した過去があって、いま、この国は傾いているのだから。

「じゃあ、女は？」

「……女は、だめだな。子供ができる」

「…………あぁ、それで、俺……？」

つくづく、変わった男だ。それならばいっそ、戯曲劇の旦角《女形》でも呼べばいいのに……。

イェセカなら、見目麗しい男を選《よ》り取《ど》り見取《みど》りだ。

「お前みたいに、健康で丈夫なのがいいんだ。間違っても子供ができないし、……俺には、ちょうどだ」

「…………」

「子供はな、だめだ……俺の子供は、だめだ」

「アンタは、子供が嫌いか？」

「いいや。……でも、子供はだめだな」

「……イェセカ？」

「なんでもない」

あの時と同じだ。自分の話題になった途端、眉を顰めて困ったふうに笑う。

「親になればいいのに」

父親になれば、いい親になれると思う。

「俺はもう親のようなものだ。この北方五州の州公として、養っていかねばならん食い扶《ぶ》持《ち》が大勢いる。それらを守ってやらねば」

王権争いに巻きこまれて、妻子は殺されてしまう。だから、嫁を娶《めと》るつもりはないし、子供も作らないし、一生独身を貫く。それがイェセカの信条だ。

「立派な志のわりに、俺には大人気のない……」

「それを許される立場にあるもので」

「……あぁ、そっか、アンタ……試してるんだ」

その表情の意味、分かった。

「……？」

「どこまで許されるか、試してるんだ」

「何を……」

「俺がどこで怒って、アンタのことを嫌いになるか、試してるんだ」

それはまるで、親の愛情を確かめるような行為。

親が、どこまで自分を許してくれるのかを確かめる行為。

どこまでを受け入れて、どこまで愛してくれるかを確かめる行為。

イェセカは、シツァがどこまで自分を許容してくれるかを、試しているのだ。

その試し行為によって、許容してもらえる範囲を実測しているのだ。

まるで、子供のそれに似た行いを、権力を持った大人だけができる方法で実行しているのだ。

「いっつも他人を褒める側で、他人を受け入れる側で、他人に優しくする側ばっかりやってりゃ、そりゃ疲れるか」

「面白いことを言うな」

「可哀想に」

「……っ」

「ふひっ、変な顔になった」

いつも誰かの為に生きている男。

誰かを憐れみ、誰かを慈しみ、誰かに施しを与え続けてきた男。

奴隷ごときに憐憫《れんびん》の情をかけられて、さぞや屈辱だろう。

「甘えんな」

冷たい言葉を、吐きかける。

図星を刺されたのか、自覚もない本心を言い当てられたのか、イェセカはじっとシツァを見つめたまま唇を閉ざし、それからゆっくりと……口端を吊《つ》り上げた。

宝物を見つけたような、夜空の星を摑んだような、ひどく子供じみた表情で。

そのきらきらとした鉛の瞳に得体の知れぬ恐怖を抱き、シツァは、己を苛《さいな》む痛みもどこかに忘れて、空恐ろしさとともに己の瞳孔《どうこう》が開くのを感じた。

＊

「いま時分にここへ来いとシツァにご下命なすったようですが、そのシツァが姿を見せませんので、先刻、人をやりました。間もなく報告があるかと……」

「チエは本当に有能だな」

「恐れ入ります」

「背中の墨はどうなっているかな」

「昨日の今日ではまだ傷と蚯蚓腫れで、見れたものではありませぬ。そうそうすぐには落ち着きませんよ。数日は寝かせませんと」

「アレは朝から熱心に仕事か？」

「朝からどころか……昨日は休むようにと寝台をひとつ整えましたが、施術が終わるなり腹周りに晒《さらし》を巻いて、また北壁の工事へ戻りました」

「それはそれは……あいつ、体力お化けだな」

執務机に頬杖《ほおづえ》をつき、万年筆を置く。金細工のこれは、この吉佳宮で面倒を見ていた異国の食客からの献上品だ。公文書には墨と筆を用いるが、異境の友人や知人へ向けての横
「チエ、今日の……」

文字を書く時にはとても重宝している。

チエがペン先の手入れをしている間に、イェセカはチエの淹《い》れた茶で一服し、午前中に方々から上がってきた報告書やらに目を通す。

「皇帝陛下をお迎えする手配は滞りないようだな」

「はい。その頃には、北壁の工事も終了しているかと……」

「あとは北の馬賊と軍閥……南の列強……小競り合いなどしても無駄だというのに……、あぁ、やめだやめだ、どれほど考えても、いまの俺にはどうしようもない」

革張りの椅子をぎしりと軋《きし》ませ、大きく伸びをする。

「ごっ……ご報告申し上げます。あぁあぁぁ～～あの、あのぉ……スン公公」

チエの出した使いが、忙しない足取りで戻ってきた。

「なんです、はっきり申しなさい。シツァは見つかりましたか？」

チエはイェセカの傍を離れ、使いに出した宦官の前に立つ。

「それが、その者を探して北壁まで向かったのですが、一刻ほども前に、すでにこちらへ赴いたということでして……」

「まだ来ていませんが……はて、迷っているのでしょうか」

「それが、そのぅ……行きしなには見つからなかったのですが、帰りの道をここまで引き返しておりましたら……そのぅ、回廊の隅で寝こけておりました」

「誰が？」

「その、シツァという者が……」

「どこの回廊です？」

「この角をひとつ曲がったところの廊下の隅でございます。石灯籠《いしどうろう》の陰に隠れるようにして、寝こけておりました。行きは灯籠の陰で見えずにいたのでございますが、帰りは、こう、ちょうど……進行方向にその者が見えまして……」

「そういうことは先に報告なさい。それで、起こして連れてきたのですか？」

「いえ、それが……よく眠っているのかして、いくら揺り起こしても起きず、こうして肩を揺さぶりましたら、そのままぱたんと倒れまして……」

「……倒れて、どうしたのです」

「そのまま置いて参りました」

「それは眠っているのではなく、具合が悪いのです」

チエがイェセカを仰ぎ見る。

その時にはもうイェセカは席を立っていた。

「殿下、殿下……お待ちくださりませ」

チエが止める間もなく大股歩きで部屋を出て、瑠璃瓦《るりがわら》の屋根の下を急ぐ。

間もなく、長い回廊に等間隔で並ぶ灯籠のひとつで、シツァを見つけた。

いつからそうしていたのか、石のそれに凭《もた》れかかるようにして蹲《うずくま》っている。

「おい、シツァ、しっかりしろ」

シツァの傍へ跪き、半ば倒れたような恰好のその肩を掴む。

いくらか肌が熱く、息をするその胸が浅く上下していた。

「シツァ、シツァ……」

「……？」

何度か揺り起こすうちに、うっすらと瞼が開く。

「なにもこんな場所で倒れずともよかろうに……シツァ、起きろ」

「……っ!!」

肩に触れるイェセカの手を、シツァが力いっぱい振り払った。

これまでもそうしてイェセカの手を拒んだことがあったが、これはそれらとは違う。

絶対的な拒絶で、忌避した。

「ごめ、……な、さ、……」

「……シツァ？」

「ちゃんと、はたらく……から……」

誰に向けているのかも判然としないほど、たどたどしく「もうちょっとしたら、仕事、戻るから……ごめんなさい、打たないで」と頭を下げる。

ひとりで立てもしないくせに、立ち上がる支えにと回廊の欄干を必死に手探りして、そうする間にも「すぐ、ちゃんと、します……まだ生きてるから、働けます」と訴える。

「シツァ」

「……ひっ」

ただ名を呼ばれただけで、イェセカから逃げるようにずりずりと尻這いし、背中に触れる灯籠に絶望的な表情を浮かべ、「……まだうごけるから、ころさないで」と頭を抱えて縮こまる。

「おおかみの、えさ……やだぁ……」

殴んないで、殺さないで、まだ働けるから。

虚《うつ》ろな眼差しと幼な子の仕種で暴力に怯え、必死になって命乞《いのちご》いをする。

「狼の餌にはしない」

膝を抱えた子に、優しく、優しく、語りかける。シツァからの応答はないけれど、「痛いこともしないし、打ったりもしない」と、根気強く言葉を尽くす。

それでもまだ、シツァは猜疑《さいぎ》心の目でイェセカを見つめる。

お前らは嘘《うそ》つきだ、きらいだ、……と、その眼で、責める。

「顔がえらく赤いようですが……中暑でしょうか？　それとも、ご主人様があんな無体をなさったことが原因でしょうか？」

イェセカの背後から覗きこみ、チエがお小言をくれる。

「弱った狼もいいな。……ほら、シツァ、こっちへ来い、恐いことはしないから」

チエの小言を右から左へ流し、シツァに拒まれた手を、いま一度差し伸べる。

けれども、シツァはその手に手を重ねることはしない。

手負いの獣を懐柔するのは難しい。諦めて、イェセカはシツァを抱きあげた。

「……！」

「暴れるな、こら……目が回るぞ」

「…………」

「ほら、言わんこっちゃない」

「そと……ぃや、だ……」

「ここはもう外だな」

「あつい……、ちがう、……さむい」

暑いと言ったばかりの唇で、寒いと訴える。自分で自分の腕をさすろうとして、それさえも億劫《おっくう》なのか、何もできずにぐったりと脱力する。

「頭も回せんなら黙っていろ」

小さな後ろ頭を抱いて、肩口に凭れかけさせてやる。

喘《あえ》ぐような呼吸も満足にできず、陽光に晒《さら》されているだけでも苦しいくせに、シツァの躰は、イェセカの腕から逃れんと斜めにずり落ちた。イェセカは両腕で抱き直してやるが、シツァの腕は決してイェセカに縋《すが》りはしない。

「……ゃ、だ……えさ、……っや、だ」

「捨てはしない」

お前を抱きあげて、外へ捨てに行くんじゃない。

「ちゃ、ん、と……みんなの、ぶんも……はたらく、から……」

「分かった。だが、いまのお前は働けないんだ。聞き分けろ、暴れるな」

「そ、んな……こ、っ、ないっ……」

「うるさい、黙れ。狼の餌にされたいか」

「…………」

「っ、……こいつ、漏らしやがった」

シツァを抱いた腕に、下肢に触れた衣服に、じわじわと小便が染みていく。

恐がらせすぎた。おとなしくなったのはいいが、イェセカのひと睨みで股までゆるくされてはたまったものではない。

「それにしても、可愛げのない奴隷だ」

小便を漏らすほど恐ろしいくせして、涙ひとつ見せない。

「……おぉぁ、み……ゃ、だ……っ」

「分かった。……分かったから……頼むから、俺の言い分を信じておとなしくしろ」

ひとつくらい俺に委《ゆだ》ねてくれ。なんでも言うことを聞いてやるから。

「しんじない……」

「餌がいやなら、俺の言葉に従え」

語尾を強めると、ぐずぐず言いながらもシツァは従う。

「……なん、か……今日、暑くて……すごく、太陽、眩しくて……ぐらぐらして……」

たぶんこれは、言い訳だ。

狼の餌にされない為に、寒い雪のなかに放り出されない為に、真夏の砂漠に捨てられない為に……。ちょっと眩暈《めまい》がしただけで、もうすぐに仕事に戻れるんだ、本当に具合は悪くないんだ、とても元気なんだ、まだいっぱい働けるんだ……と、幼い頃には聞いてさえもらえなかったであろう言葉を必死になって紡ぐ。

「も、立って……歩けるから……言われたこと、ぜんぶ、ちゃんと……するから」

「あぁそうだな。お前はいつもちゃんとしている」

だからイェセカは、シツァを抱いて歩きながらその言葉に耳を傾ける。

奴隷の必死の言い訳を聞き届ける、寛容な飼い主の役目をこなす。

チエに目配せをすると、心得たとばかりに、ひと足先に来た道を引き返した。

「ここ、陰で……すずしく……て、……ちょっとだけ、歩けなくて……」

「すこし休もうとしたんだな?」

「ちがう、やすまない……やすんだり……しない、っ」

「そうか、そうだな……。お前は働き者だから」

「……ごはんも、いらない、から……」

「食事は摂ったほうがいいな。具合が悪いのも早く治る」

「わるくない」

「あぁ、そうだった、悪くないな。……お前は、何も、悪くない」

肯定ばかりを口にしてやり、うつらうつらするシツァを自室まで運ぶ。

「ご主人様、こちらへ」

先回りしたチエが、長椅子に寝床の代わりを整えていた。

イェセカはそれに首を横にして、己の寝台へ寝かしつける。「ご主人様の寝床を奴隷に使わせるだなんて……」とチエは言いたげだったが口を噤《つぐ》み、部屋の外へ出た。

「お前は大夫《お医者様》を……、そちらとそちらは氷水と手拭いに、それから着替えを……、お前はぬるい茶の用意です。濃くしてはなりませんよ」

閉じた扉の向こうで、チエが静かに的確な采配を振る。

「……シツァ、起きるな、寝ていろ…………寝ろ、シツァ」

躰を起こそうとするシツァに、命令口調で話しかける。

可哀想なことに、シツァは、優しく諭されるよりも命令されるほうが従いやすいのだ。命令され慣れているから、怒り口調で不機嫌な声を出せば、本能的に相手の機嫌を窺《うかが》おうと恭順の姿勢を見せ、従うのだ。本人の無意識下で。

「シツァ、なぜ人を呼ばなかった？」

シツァに上掛けを着せてやり、傍らに腰かける。

「……？」

不安げな眼差しで、口端を歪める。質問の意図が分からないのか、困ったふうに眉を顰めて、ご機嫌を取るように、にこりと誤魔化し笑いをする。

頭のなかが、幼い頃と現在とをいったりきたりしているようで、心細げな仕種と相まってどこか幼い。

「具合が悪い時は、廊下の隅で寝たりせずに、誰かに助けを求めるんだ」

「どうして……？」

寝苦しいのか、暑いのか、かけたばかりの布団をずり下げ、落ち着かない様子で視線をうろうろさせている。

「どうしてもだ。具合が悪い時は、その場にいる人間に具合が悪いと訴えて、仕事を休んで、医者に診《み》てもらって、大事にしてもらうんだ」

「……誰から？」

「誰でもいい。仲間でも、親でも、大人でも、友人でも……頼るんだ」

「…………なんで？」

「そういう時は、助けが必要だからだ」

「……なんで」

駄々《だだ》を捏《こ》ねる童子のように、同じ言葉を繰り返す。

なんでか分かんない。どうして、誰かに助けを求める必要があるの？

「お前はいつも仲間を助けているだろう？　相談に乗ってやって、困りごとを解消してやって、ケンカの仲裁をして、人の輪を取り持ってやっている。それと同じことを、時々は、相手にも求めるんだ」

「……なんで」

「本当に分からないのか？」

本当に、誰かに頼ることも、助けを求めることも、つらいと訴えることもできないのか？

「なんで、そんなことするの……」

誰も、助けてくれないのに。

「……っ」

あぁ、この子は、本当に分からないのだ。

助けを求めるということの意味を、行動を、知らないのだ。

「自分のことは、自分で、決められる」

人に頼ったりしない。ちゃんと、自分で判断して、自分で考えて、自分で決められる。

大人は、助けてくれない。親も、兄弟も、仲間も……助けてはくれない。

いざとなったら、誰も、助けてくれない。

なのにどうして、そんなことするの。

無駄なのに。

「それでも、頼るんだ」

「……ふふ、へんなの」

人に頼るなんて、変なの。

面白いこと言う人。

イェセカはやっぱり変わってる。

シツァは赤ん坊みたいに屈託なく頬をゆるませ、うとうと、うつらうつら……。そうして眠りに落ちたかと思うと、また、ぱちっ、と目を見開き「……しごと」とうわ言を漏らす。見ているこちらが辟易するほど、何度も何度もそれを繰り返して、ようやっと、気を失うように眠った。

普段からは想像もできない、神経質そうな寝顔で。

「あぁ、本当に……奴隷とはいやなものだな」

助けを求める方法さえ知らないなんて。

ただひと言「助けて」と声にするその感覚さえ、この子のなかでは育っていないのだ。

二十年近く生きてきて、時には他人が助けてくれるという概念が存在しないのだ。

つらい、くるしい、熱が出たと訴えれば殺されるのだ。

言動が幼子のそれになるほど弱っているのに、それでも、まだ、「熱が出てつらい」と言葉にできないのだ。そんなにも小さな頃から、そうして我慢をしてきたのだ。

そして、そのまま、大きくなった。

あぁ、本当にいやなものだ。

半人半物。

半分は人間であるけれども、半分は誰かの所有物。

それが奴隷だ。

だから奴隷は己が人間であることも忘れて、時々、己のことさえ物のように扱う。

そうして、物は、己が壊れるまで己自身を使い切るのだ。

【2】


この夏、最後になるだろう。

イェセカの率いる覇州軍が、北方の国境線へ出兵した。

これまでも長く続いてきた小競り合いの平定だ。北方に棲《す》み暮らすその部族は、かつては、春や夏の暖かい時期に近隣の村郷《むらざと》を襲っては家畜や食料を奪い、冬に備えていた。いまは、王朝に不満を持つ知識層や異民と混じって、馬賊や軍閥を組織し、決して看過すべきでない組織になりつつある。

勿論、彼らも一枚岩ではなく、朝廷へ友好的な部族や、北方五州とも互助関係を築く派閥もあるが、やはり、己の生まれた一族の誇りを守ろうと、照国に属すことを良しとしない者たちもまた存在する。

イェセカは彼らとも対話を試みている。だが、実際問題、皇帝の統治下で、イェセカが守るべき皇帝の領地において無礼を働く者が存在するならば、それを討伐しなくてはならない。それが、イェセカに与えられた勅命であり、職責だ。

「いつも通り、適当にやりあって……そんで、どこかの村に食料を届けてやって……それで落としどころをつけるんだろ？」

「おいおい、そりゃぁ賄賂《わいろ》ってやつじゃねぇか……」

「皇族が朝敵に賄賂を渡して軍を引いてもらう……ってことになるな」

「滅多なこと言うなよ。……無駄に戦って大勢死ぬよりずっといいじゃねぇか」

「数日後には、皇帝陛下が覇州へ避暑においでだ。それまでに片づけたいんだろ」

手に手に武器を持つ奴隷たちの会話を聞きながら、シツァも、己に与えられた剣の柄に襤褸布を巻きつける。滑り止めにもならないが、こうしておけば多少はマシだ。

刃毀《はこぼ》れの多い長剣で、柄の部分に血の染みがある。きっと誰かが使っていて、その持ち主が死んで、シツァに回ってきたのだろう。血脂こそ拭われているが、曇っていて、切れ味は悪そうだ。奴隷身分では武器の交換なぞ望めないから、何人か敵を殺して、そのなかで良さそうな得物《えもの》を持っている奴から奪えばいい。

そんな算段をつけていると、チエが駆け足でやってきた。

「シツァ、どこに……あぁ、そこにいましたか」

「チエ様、何か用ですか？　もうすぐ戦闘が始まりますよ？」

こんな最前線に丸腰の宦官がいたら、狙い殺される。

「私だってこんなところにいたくありませんよ。こちら、殿下から託《ことづか》って参りました」

草色に染めた大判の麻布をシツァに差し出す。

「なんですか、これ？」

「あなた、色素が薄いでしょう？　日除《ひよ》けですよ。こういった何もない平原で戦っていると、陽光や砂埃のせいで目が眩む者も多いんです。気をつけなさい。陽射しで火ぶくれも起こしますから、しっかり顔を隠しなさい」

「……はぁ」

「いままではどうしていたんです？」

「あんまり気にしてなかったけど、あぁ、死体から追い剝ぎしてたかな……」

死体から剝ぎ取った羽織や布を、眼だけを出して顔から首に巻くと、ちょうど返り血や砂塵《さじん》を防げて便利なのだ。

「追い剝ぎ……」

「俺はまたそうするから要《い》らないです。あの人に返しといてください。それか、他に必要な奴にやってもいいですか？」

「きちんと全員分があります。今日は風が強いので、殿下がそのようにご采配です。あなたも、たまには他人のことよりも自分を優先なさい」

「じゃあ、俺もそこから調達するから要らないです。なんでわざわざ持ってきてんですか？　あの人がいるの、もっと東のほうですよね？」

「……それは、病み上がりのあなたを心配してのことです」

「チエ様が？」

「この会話から、わたくしのわけがないではありませんか」

「そうなんですか。……あの、なんか怒ってますか？」

「ええ。怒っております。わたくしは武闘派の宦官とは違うんです。後方の幕舎で、ご先祖様とご神仏に手を合わせてご武運を祈るのが関の山なのです。……なのになぜ、わたくしがこんないまにも血の海になるような前線くんだりまで来なくてはならないのです」

　ここに立つことさえ恐ろしいのに、当のシツァは察しが悪いし、我があるじへ何か気の利いた返礼のひとつもするかと思えば、「こんなもんより武器をもっといいのにしろって言っといてください」などと使い走りを頼まれる始末……。

「あぁもう！　真武大帝《しんぶたいてい》のご加護を！」

　チエは、その場の皆へ向け、北方守護の上帝に祈りを捧げ、用事は済ませたと言わんばかりに血相を変えて後方へ下がっていった。

　そんなチエの後ろ姿を奴隷や兵士が揶揄《からか》いもしたが、イェセカへの信頼が厚いのか、彼の大監《たいかん》であるチエを馬鹿にした様子はなかった。

「…………」

　そう考えると、この戦闘は本当にやりやすい。

奴隷ばかりを前線へ出さず、騎兵、銃兵、歩兵をここぞという場に配置している。いざ開戦ともなれば、兵力を惜しまず投入し、正規兵は臆すことなく進軍して、奴隷兵を鼓舞する。指揮官は遠くから見守るだけではなく、砲兵からの後方支援も忘れない。砲兵の練度は低くてアテにはならないが、あの轟音《ごうおん》だけで充分に威圧感がある。

「…………弓兵もいるのか」

右翼から攻める敵を、丘の方角から弓兵が迎撃する。

お蔭様で、中央部で泥沼の殺し合いを繰り広げるシツァたちはいくらか救われた。

目元以外を覆った顔の、その布の端で血まみれの手を拭う余裕さえある。

味方の騎馬兵が声を張りあげた。

「押し返せ！」

シツァたち歩兵は、騎馬兵が切っ先を向ける方角へ走り、また乱戦にもつれ込む。

「クソ、折れた……っ」

一人、二人、三人……何人目か忘れた頃に、剣のなかほどで折れた。切れ味の悪いそれは少し前から斬《き》りつけても横滑りするようになり、突き刺すばかりだったが、それももうできない。何度か剣を替えたが、どれも手に馴染む前に欠け散る。

シツァは仰臥《ぎょうが》した死体を踏みつけ、死体から奪った槍《やり》を携え、狼の眼を光らせては次の獲物を探す。

「シツァ、どこへ行く！」

同じ部隊の奴隷が、突然、真逆の方向へ走り出したシツァに声を張った。

「突貫！」

走りながら答える。

十数騎の敵精鋭が、イェセカのいる東の方角へ突貫を仕掛けていた。シツァの言葉に呼応して、味方の騎馬兵がシツァを追い越し、突貫部隊と混戦に入る。

イェセカのいるあたりは敵味方が入り乱れ、砂煙と怒号しか見聞きできない。

「どけっ！」

シツァは眼前の歩兵を蹴りつけ、槍の柄を短く持ち構えると、その顔面に突き立てる。頭を蹴って、槍先を引き抜くと、切っ先から三分の一ほどのあたりで、ガキンと折れた。

「イェセカ様！」

シツァのすぐ近くで、馬上のファン将が叫ぶ。

将軍が見据える先へ顔を向けると、イェセカと数名の騎馬兵が、後方の銃兵隊を庇うようにその場に留《とど》まっていた。あの位置からでは、飛び道具での援護は同士打ちになる。

考えるより先にシツァの脚は走っていた。

走りながら身を低く、折れた槍で進行方向の敵の首を狙い刺し、血飛沫《ちしぶき》が散るより先に絶命した敵を蹴り倒して、その手から弓を奪う。奪う間も決して足を止めることはなく、五歩も六歩も走ったところで指先が地面に擦れるまで身を屈《かが》め、地面に横たわる味方の死体の背から矢を得て、目前に立ちふさがる男の腹を左手の短刀でさばき、次の脚で飛び跳ね、後ろへ傾いだ男の顔面に着地して踏み台にすると、もう一段高く飛び、弓を射かける。

鋭い一射は、イェセカを狙う馬上の敵首を飛ばした。

「……っ！」

着地するなり、シツァはまた元の速度でイェセカへ向けて走り、あるじを失って暴れる馬の足下を潜《くぐ》り、その馬の陰に隠れていた敵将の両脚の腱《けん》を斬り断ち、落馬したイェセカの躰に覆いかぶさる。

「照狗《ヂャオゴウ》、死ね！」

大振りの刀が振り落とされるその寸前に、イェセカと大刀の間に割って入る。

ぱん！　乾いた銃声が一発。大刀を掲げた男の身体がぐらりと傾ぎ、シツァの背に倒れこむ。己を斬りつける痛みに身構えていたシツァは、自身を襲う重みに顔をあげようにも身動きがとれず、「あぁ、四肢のどこかが断たれたか」と覚悟をした。

「そうそう死なれてたまるか」

イェセカの独白が、どこか遠い。

それでようやく、己がイェセカに抱かれ、両耳を塞がれていることに気づいた。

シツァが顔に巻いた布の端に、焦げた丸穴がひとつ。ちょうど肩のあたり。

左の手に拳銃を握ったイェセカは、シツァにかぶさる死体をその長い足で蹴って横へ追いやり、右の腕でシツァの腰を抱いて立ち上がった。

「鼓膜は無事か？」

「アンタ、足癖悪いな」

「聞こえているなら問題ないな。……シー！　来い！」

「ここにいる」

名を呼ばれて、シツァは鼻先まで覆っていた布をずり下げ、応えた。こんなに近くにいるのに、「アンタ何言ってんだ？」と不思議そうに見上げる。

「お前じゃなくて俺の馬だ」

青毛の馬がイェセカのもとへ駆けてくる。

「俺の名前は、馬と同じか」

「お前の名はシーじゃなくて、シーツァイ。シツァだ。間違えるな」

「……っ、ん」

イェセカに胸倉を摑まれ、爪先《つまさき》立ちになるほど引っ張り上げられる。

瞳を覗きこまれ、鼻先が触れて、ほんの一瞬、瞬《まばた》きをする刹那《せつな》に唇を重ねられる。

あっという間に離れていくイェセカを、なぜかシツァは引き止めていた。

鉛色の長い髪を手綱代わりに手元へ引き寄せ、後ろ頭を抱き、ほんのすこしの背伸びをして、たったいま触れたばかりの唇をもう一度触れ合わせる。

イェセカは、驚きも怒りもせず、ただ目を細めて笑い「お前は可愛いな」と言わんばかりにシツァの頬を撫で、シツァはそれに応えるようにイェセカの後ろ頭と、そこにある髪をくしゃりとやわらかく抱きしめ、次の瞬間、イェセカの背を狙う敵を短刀で突き殺した。

「背中はお前に任せよう」

「傍から離れない」

お前を頼ることにしよう。イェセカにそう言われて、悪い気はしない。

シツァは短刀片手に手近な得物を探し、イェセカの敵を探す。敵の突貫部隊はちりぢりになって逃げ惑うが、いますこし奥地へ追いやる必要がある。

「シツァ！」

イェセカが剣を投げて寄越した。

「アンタはどうすんだ⁉」

「他人を気遣う前に、己を気遣え」

左手の拳銃で、向かいくる敵の眉間《みけん》を撃ち抜く。

「それいいな。俺も欲しい」

イェセカの背面に立ち、正面から襲いくる弓箭《きゅうせん》を剣の腹で払い落とす。

「初めてのおねだりが飛び道具か……」

イェセカは呆れ気味に苦笑し、シツァの腰をするりとひと撫でると、「あとで褒美をたっぷりくれてやろう」と煽《あお》り立てた。

足元は雨が降った後のように血と臓物でぬかるみ、時折、草叢《くさむら》に足を取られて滑る。さっきよりもずっと数の減った敵は再度の突貫を仕掛けてくるが、その頃にはもうイェセカの周りに充分な味方の包囲が出来上がっていた。

「そこな奴隷！　貴様は殿下を守護せよ！」

ファン将軍が部下を率いて、撤退する敵の追撃に入る。

シツァがイェセカの傍にいれば安心だと認めた証拠だ。

「ファン！　深追いはするな！」

イェセカが声を張り、敗戦も明白な残党がそれでも立ち向かってくるのを、剣ではなく拳で叩き伏せる。これ以上の流血は良しとしないのだろう。

「……アンタはほんとに手癖足癖が悪いな」

「お前ほどではないと思うが……俺のことは蹴るなよ」

足元に縋る敵の顔面を踏みつけるシツァに、イェセカが嘆息した。

シツァは狼の目を得意気に細めて、「馬に飛び乗って敵を引きずり下ろすのも得意だ」と血染めの頬で屈託なく笑った。

笑って、イェセカを執拗に狙う残党のそのはらわたがこぼれるまで、しっかりと殺した。

もつれこむ。

＊

戦後処理もあらかた片づいた頃、有無を言わさぬ力でイェセカに手を引かれ、どかどかと大股歩きで陣地を横切り、シツァは幕舎に連れこまれる。「ごゆるりと」と声をかけるチエの言葉に応じる暇もなく、イェセカの強引さに抗《あらが》う余裕もない。

余裕もない……のではなく、シツァもまた、己のその開き気味の瞳孔を閉じること叶わぬほどこれを望み、これの為にイェセカに手を引かれても従い、イェセカの早い足並みに合わせて駆け足にさえなるのだ。

背後を岩場に囲まれた平原。そこに張った天幕のひとつ。厚手の布一枚を隔てた向こうでは、未だ戦闘の興奮冷めやらぬ様子で、兵士たちは歌に喇叭に大騒ぎをして、浴びるように酒を呑み、肉汁を滴らせて豪勢な食事をかっ食らう。

賑々しい音楽をどこか遠くに聴きながら、二人は言葉を交わすこともなく、天幕の内へ雪崩《なだ》れこみ、気ばかり逸《はや》って服を脱がせるのも歯痒《はがゆ》く、もだもだ手間取るうちに服を脱ぐのを諦め、髪を引き、どちらがどちらの足か分からぬほど絡め、時に力任せの支配で掻き抱き、撓る背を押さえこみ、逸る男のまたぐらに手を伸ばし、互いの欲をぶつける。

「……っ、ふ」

爪のなかまで血脂で埋まった両手でイェセカの頬を押し包み、唇を貪《むさぼ》る。膝に乗り上げ、ほんのすこし下になったイェセカの顔を上向かせ、薄い唇を噛む。ひちゃりと唾液《だえき》が絡み、糸を引く。その糸が途切れるより先に、またどちらからともなく唇を吸う。

弾む吐息が、熱い。忙しなく上下する胸のその鼓動を整える暇さえ惜しみ、服を脱ぐことさえもどかしく、馬鹿のひとつ覚えみたいに互いの唇を欲す。

鉛色の髪が、はらりとシツァの頬にかかる。それを鼻先で追いやり、イェセカの頬を噛み、耳を齧《かじ》り、毛繕いするように砂塵にざらつく額を舐《な》め、ぺろりと己の唇も舐めて、やっぱりもう一回……と、イェセカの唇を奪う。

腰布が解かれ、血でぐっしょりと重いズボンが膝に溜まる。説明のつかない想いばかり募って、どうにも堪《こら》え性がなくて、汚れた靴で地面に敷かれた絨毯を、ざり、と蹴る。

それこそまるで、狼が勇み足をして、助走をつけて走り出しそうな、そんな居ても立ってもいられない焦燥を、獣みたいに躰を使って表す。

人を殺したそのままの興奮で、ただ、目の前にいる男とまぐわいたいその一心で。

交尾をねだる。

「狼の眼だ」

イェセカが、笑う。

夜には琥珀に金が混じり、獣の瞳がぎらぎらとして、昂《たかぶ》る情動の行き先を探しあぐね、まだ殺し足りない、まだ暴れ足りない、まだもっと、もっと……と、飢えに唸る。

自分だって同じような眼をしているくせに。

瞳孔を開いて、口端に笑みを浮かべ、獲物を探しているくせに。

「……はやく」

イェセカの皮帯《ベルト》を引っ張る。

「辛抱だ」

「はやくっ」

尻を揉む暇があるなら、早く寄越せ。

「堪え性のない尻だな」

次からは辛抱を覚えろよ。口先ではそんな余裕を演じて、指先は力加減も等閑《なおざり》にシツァの腰を抱く。イェセカは、自ら与えた金属には見向きもせず、焦燥の赴くまま固い肉を抉《こ》じ開け、狭い穴を貫いた。

「……あ、……っ？」

「……っと」

ぐらりと後ろに傾ぐシツァの頭を、イェセカの左腕が支える。そのまま横たえてやると、淡い琥珀と翡翠の混じった瞳をちかちかさせて、幕屋の天井を見つめていた。

「っ、……?」

己の身に降りかかった災難を受け止めきれず、きょとんとした顔が幼い。

下腹に熱こそ感じているようだが、その正体も分からぬまま眉根を寄せる。

胎の内側へ潜りこんできたその得体の知れない感覚は、いつまでもなかに居座り続ける。

ずっしりと重く、シツァのなかでいくらでも膨らみ、いくらでも育つ。みち、にち……と肉を割り、ぴったりと隙間なくまとわりついて、内臓を押し潰す。まるで、胎のなかで赤子が育つような奇妙な感覚で、シツァの口端がうっすらと笑みの形に引き攣った。

「お前のこれも立派だが、俺のこれも悪くはないだろう?」

入口のあたりで揺すってやると、シツァの喉がひくりと上下する。

深く肉を犯すには滑りも悪く、きつい。肩に担いだシツァの右足が、ぱたっ、と一度だけ跳ねる。途端にぬるりと滑り、イェセカの陰茎を鮮血が濡らした。

「あぁ、処女はいいな」

生娘の、この、独特の締まり。何も知らぬ体が開かれていく様。自分の身に何が起こったのかも分からず、痛みを痛みと認識もできず、初物を喰《く》われている自覚もなく、女扱いされていることに気づくより先に、ただただ男に犯されていく躰。

「……っ、ぁ」

「うん?」

ずるりずるりと陰茎を肉に沈め、なかほどまで埋まったそれで揺さぶる。

「……ぇ、っ、……ぅ」

じわじわと内臓をひっくり返されるような圧迫感に、シツァが、けぷ、と胃液を吐く。天を向いたままの顎先をイェセカに摑まれ、斜めに傾げられると、口端から反吐《へど》が溢《あふ》れて流れ落ちた。

「あぁ、かわいいな」

「ふ、ぁ……ぅ」

嘔吐《おうと》物ごとじゅるりと唇を吸われ、シツァは息苦しさに顔を背けた。

イェセカは身を乗り出し、首をひねって逃げるシツァを追いかける。すると、重ねた身が深くなり、シツァは血の気の失せた顔を歪めて、血の伝う内腿を痙攣《けいれん》させた。

「かわいい」

上へ上へと逃げる頭を抱えこみ、腕のなかに閉じこめて、腰を打ちつける。

「っあ、っ……っ、ぁ、……ぉ、あっ」

肩口に埋められたイェセカの頭に窮屈を覚えるほど、体重をかけて圧《の》しかかられる。自分ではまったく身動きのとれない束縛で抱きこまれ、深く深く肉を抉《えぐ》られる。腹を突き上げる力につられて、出すともなくあられもない声が漏れた。

「ふっ……」

陰茎に絡む肉は程好く心地良く、火傷《やけど》をするほど熱く、それでいて痛いほどの締《しま》りもあって、これを無理に抉《こ》じ開けるたびに、腹の底から笑いがこみ上げる。

「あっ、ぉ、ぉあ……っ、あっ」

「かわいい」

かわいい、かわいい、かわいい。

痛みに歪んで眼を見開き、目尻から涙を流す、その姿がかわいい。

馬鹿みたいに股を開き、女のように血を流し、言葉を紡《つむ》ぐ余裕もなく、イェセカを罵《ののし》る暇もなく、目を白黒させる様が、かわいい。

「っひ……」

そうして、苦労の末、根元まですっかり腹のなかに収めた反動で、萎えた陰茎から小便を漏らす様すら、可愛い。

「あぁ、悪い子だ」

「ひっ、ぅ……っ……」

「一度は練習をさせたほうがよかったか?」

陰茎の根元を縛《いまし》める金環が、濡れ艶めく。

「あつ、ぃ……ぁ、ついの、っ……いたい、ぃ」

「いやいや、上手に出せている」

すこしずつ、すこしずつ、垂れ流す。

これだけ尿道を縛められても、こうして長い時間をかけて上手に排泄できているではないか。これから先、これが、シツァの日常になるのだ。決して満足のいく排泄を得られぬまま、射精の代わりに排泄や苦痛で悦楽を得なくてはならないのだ。

「その貞淑な脳髄に、おぞましい淫《みだ》らを仕込んでやろうな」

「ぁー……っ、あっ、は……」

「あぁ、これはお気に入りのようだ」

掌を押し当て、下腹を圧《お》すと、小便をしょわりと滴らせながら、ぎゅうと後ろを締めつける。後ろが締まるとちょうどいいところに当たるようで、そこへ触れているイェセカの手にも下腹が気持ち良さそうにうねるのが分かった。

「なか、きもち、ぃい……っ？」

「俺はちっとも良くない」

「……っ、なか、おもぃ……っ」

「文句を垂れる前に、詫《わ》びのひとつも入れろ」

あるじに窮屈を強いる不出来を詫びろ。

「っ、ぅ……っあ、ぁ……？」

「お前は良さそうでなによりだ」

「……腹、く、る……っし……っこれ、きもち、ぃい、の……ぁ？」

「さぁ？　自分のことくらいは自分で判断しろ」

「っん、ンぁ、っ……ぁはっ、はっ」

処理の限界を超えたのか、笑い始めた。口端を吊り上げ、ぎこちなく腰を揺らし、痛みにも増す快楽を追い求める。けらけら、くすくす、ひぃひぃ。啜《すす》り泣きのような、引き笑いのような、はらわたにまで響くような声で笑って、思考を放棄する。

何も知らない躰の素直さは、こういうところだ。些細《ささい》な苦しみから逃れる為に、楽なほうへ逃げる。その先にあるのが、途方もない快楽や、終わりのない苦痛だと知らないから、安易なほうへ逃げる。

「ほら、邪魔だからこれを自分で弄《いじ》っていろ」

お前の陰茎は無駄にデカいんだ。

「ん……ンぁ、っンん……っふ、ぁ、あっはは」

言われるがまま、己の陰茎を両手で摑み、ぎゅうと握りこむ。余り皮の隙間に恥垢《ちこう》と先走りが溜まり、にちゃにちゃと音を立てる。拙《つたな》い手淫だ。ただ両手で圧をかけるだけ。

扱くという動作を知らないのかして、イェセカの腹部に裏筋を押し当て、二人の間に挟んでは切なげな吐息を漏らし、かと思えば幼児のように笑い出し、花を摘《つ》む公主《お姫様》のように黄色い声をあげて、腰を揺らす。

後ろを犯されながらの自慰は夢中になれるのか、額に前髪を張りつかせて、行為に耽《ふけ》る。シツァがそうする間に、じわじわと後ろがゆるむ。この肉は、ゆるめばゆるむほど締まった時との差が良い。貪欲《どんよく》に男を咥えこみ、イェセカを受け入れても壊れずにいる。

久しぶりに具合のいい肉に当たったと、イェセカは組み敷いた狼を心ゆくまで犯した。

＊

「ぃや、っだ……も、ぃらない……っ」

やっとこの言葉を引き出せた。

イェセカを拒絶する言葉。自分を語る言葉の少ないシツァの、素直な言葉。

具合が悪いことも言葉にできないような子の、喉の奥から搾り出した拒絶。

「い、やだ……も、ぃい……ぃっ……」

「逃げるな」

シツァの足首を鷲摑《わしづか》み、床へ引き倒し、懐へ引きずりこみ、首の付け根を押さえこみ、「次に逃げればへし折る」と喉仏に指をかけて気道を搾り、腕のなかに抱きこむ。

シツァは必死になってもがき、絨毯に爪を立てて逃げ惑う。琥珀の三つ編みがほどけて散れども暴れる気力はなくて、ぐずぐずに蕩《とろ》けた身体を縮こまらせ、頭《かぶり》を振る。

やっと痛いという感覚を覚えた。やっとそれを口に出して訴え始めた。

やっと、まるで人のような素振りで喘ぐようになった。

「……ぃ、たい……いたい……ぃ、っ」

「かわいい」

「ぃや……ぃらな、ぃ……も、ぃらない……っ」

いらない、もういい、いっぱい、こんなにたくさんいらない。

あふれる、おぼれる。

もう、いらない。

「まぁそう言ってくれるな」

「ひっ」

逃げる腰を摑まれ、深く深く、打ちつけられる。ぐじゅり、じゅぷり。抜いて差しをするたびに肉がめくれあがり、隙間からは精液が流れ落ち、勃起したまま一度の射精もできないシツァの陰茎に垂れ滴る。

犬のような恰好で後ろから犯され、腰から崩れれば片腕で持ち上げられ、身動きを封じられ、尻を高く上げて這い蹲ったまま種をつけられる。

「ようやっとこなれてきた」

「……っ、ひ、ぐ」

めくれあがったふちをイェセカの指が嬲る。ずっぷりと根元まで咥えこませ、感覚のないそこを無理に開いて遊ぶ。隙間からは粘膜と肉の色が見え隠れして、腸壁が蠕動《ぜんどう》すると、イェセカが吐き出した精が、奥から奥から溢れ出す。

種汁がぐじゅぐじゅと泡立つほど穿《うが》ち続けてやると、脆《もろ》い粘膜が赤剝けになる。腫れて肥大したような感触もまた良くて、血混じりの白濁をいつまでも肉と捏《こ》ね合わせる。

「しっかりしろ」

「……ひ、ぁっ」

蕩けた腰を抱えられ、ばちんと尻たぶを叩かれる。ほんの一瞬だけ、ぎゅうと身が締まり、肉壁を串刺《くしざ》す雄の形がありありと感じ取れるほど収縮する。その窮屈な肉穴を力任せに押し開かれ、ぶるりと背筋から這い上がる何かに身悶《みもだ》え、頭を抱える。

ぼたぼた、ぼたぼた、汗が、背に落ちる。天幕のなかに熱気が立ちこめ、死体から浴びた血と脂、生臭さと汗、牡の種の匂《にお》いに噎《む》せ返り、死地特有のおかしな雰囲気に酔う。

正気を失いたくなくて、頭を抱えて、身を丸めて、そうやってどこか遠くへこの感覚を追いやろうとするのに……。

「ひっ……ぃ」

「逃げるな」

「ぃ、や……ぃや、っ……や……っ」

いやだ、こわい、もう、いやだ。腹がいっぱいで、他人の熱で胎の奥が熱くて、痛くて、むず痒くて、苦しい。たぽたぽと鳴るほど下腹が膨れて、身が重い。もういらないと言っているのに、まだ与えてくる。子種が下から上へ逆流して、鼻や口から溢れそう。

「いらなぃ、も、っ……いぃ」

身を捩《よじ》って、必死になってそう訴えるのに、イェセカはそれを聞き届けない。それどころか、余計にひどくされる。

何度も、何度も、奥まで挿《い》れて、肉がめくれあがるほど抜かれて、形が変わるほど犯されて、押しこまれるたびに陥没して、ぐじゅりと隙間から白濁が溢れて伝う。

「だした、ぃ……ぃ、っ」

「どうして？」

「ぁ、あっ、っあ、ぁたま、ぁ……やげ、ぅ……ぅっ」

「言い聞かせたはずだ。お前はもう二度とこれを使えない、と」

「ぃ、や……やっ……っ、あ」

かし、かしっ。根元が腫れて膨らんだ陰茎を掻く。金環を外そうと、無我夢中で弄り倒す。腸内を圧迫されて強制的に勃《た》ったまま、萎えたいのに、萎えない。

「誰が許した？」

「ひっ、ぃ……っ」

「ようやく後ろで喘ぐようになったんだ、そのままこっちを覚えろ」

「ぉあ……っ、ンぁ、っ、っ……あっ」

腹を突かれて出る嗚咽《おえつ》とは違う、穴を掘られて溢れる甘い声。

「まぁ、今日明日に女のようになれとは言わない」

「え、あ……っ、あっ……」

だらだらと口端から涎《よだれ》を垂らし、喘ぐ。小さな舌を突き出して、大きく背を弓なりに撓らせたかと思うと、べしゃりと前のめりに倒れた。途端に全身が弛緩《しかん》して、腰を摑んだイェセカの両腕に全体重が乗りかかる。

「だらしのない」

気を失ったシツァに文句を浴びせかけ、にちにちと肉を捏ね回す。

締まりなく抵抗のない穴を使っても、こちらはただの肉筒に打ちこむばかりで張り合いがない。弛緩してゆるんだ尻を叩いても、たわんだ三つ編みを引っ張っても、どれほど乱暴に犯しても、シツァからの反応がなければ、退屈だ。

流れた血は乾く間もなく、白濁と混じる。ぐぽ、がぽ、と空気を孕むほどの空洞ができて、茶色く濁った汚液が、雪のように白い内腿を汚す。

青白い顔をしてぐったりとした人形に乱暴をふるう。健康的な四肢の、動きのない肩甲骨の、痛みですこし腫れたような背筋の、それらがまるで死んだような、息をしていないような、肉の塊。

これはこれでいい。余計な肉の抵抗もなく、それでいて際限なく奥まで呑みこむ。

「つまらん。起きろ」

勃ち上がったままの竿を陰嚢ごと引っ摑み、手前へぎゅうと引っ張る。

肉塊に用はない。この躰なら、死鬼《死人》になっても楽しめるが、これの心臓はまだ鼓動を打ち、血を流し、皮膚は弾力を持ち、息をしているのだ。それらの血肉や、未だ定着しきっていない背骨に乗った刺青が息をして、蠢《うごめ》いて、悶えて、苦しんで、そうして生きている様を愛《め》でるのがいいのだ。

「起きろ！」

「……あっ、が」

「誰が死ねと言った」

「ぁ……？　ぉ、あっ……あっ！　……ぁ、あっ！」

起きた途端、家畜のようによく鳴いた。

ぼたっ、ぼたっ……と情けない射精をしながら、まだ続いていた恐怖に身を竦め、恐怖ゆえにひどく勃起させ、発情して、頭を抱えて口角を持ち上げる。

いやだ、もういやだ。気持ち悪い、いたい、苦しい。

こわい、こわい、こわい。

もう、いらない、ほしくない。

「ぁ……っゃ、ら……あっ……」

いやなのに……、もう欲しくないのに。

「声が甘くなった」

「ひっ、ン」

媚《こ》びるような声しか、出ない。

くん、と鼻を啜り、男がまたぐらを出入りするその感覚に切なさを覚えて、もう欲しくないのに、もういらないのに、もういやなのに……もう終わって欲しいのに……。

「……も、終わ、れ……」

「お前はよく働き、丈夫で健康が取り柄の奴隷だろう？」

「うしろ……こわれる」

「壊れるな」

壊れるな、潰れるな。

お前は丈夫で、健康で、生意気で、潰れそうにないから買ったんだ。

だから決して潰れるな。

溢れて、溺《おぼ》れて、もう必要がないといやがるほどに注いでやるから。

決して、壊れるな。

＊

覇州の夜は、夏でもすこし冷える。秋が近くなってきた証拠だ。肌寒さにシッァは目を醒《さ》まし、ぼぅっと天幕の骨組を見つめた。遠くに、祝勝の喧騒《けんそう》が聞こえる。まだ宴の最中なのだろう。過ぎた時間の感覚を計りとれぬまま、ゆっくりと躰を起こす。

イェセカの軍服が、肩からするりと落ちる。それを隣に眠るイェセカの肩にかけ、腰にまとわりつく腕を持ち上げると、絨毯敷きの地面に散った己の衣服を手繰り寄せた。

胡坐をかいて座り、くぁ……と欠伸を嚙み殺す。たったそれだけのことで、ようやく全身が軋むような痛みに気づく。目を瞑《つむ》ってそれらをやり過ごすけれども、いつまで経っても体の内側に居座り、どこか頭の芯が熱を持ったようにふわふわとして落ち着かない。

「どこへ行く？」

シッァの背にイェセカが声をかけた。

「……見張り。俺だけサボるわけにはいかないから」

短袴《シャツ》を羽織り、指先が上手く動かないことに苛立《いらだ》つ。

こんなことは初めてで、自分の躰が自分のものではないような感覚がつきまとう。

気味の悪い感覚だ。

「きもちわるい……」

「それは気怠《けだる》いっていうんだ」

感覚の残った躰がまだ余韻に浸っていて、そこから抜け出せないんだ。

「なんだよ、それ……面倒……。……なぁ、放せ」

腰に腕を回してくるイェセカから逃げる。

「お前は元気だな」

イェセカはすこし拗《す》ねてみせた。

シツァがあまりにもあっさりとしていて、あれだけしつこく抱いてやったのに平然としていて、イェセカに背を向けて身支度を始めるのが気に入らないのだ。

「アンタ、可愛いな」

だるだるとした微睡《まどろみ》のなかで目を醒まし、睦言《むつごと》のひとつも期待していたのか……、はたまた甘ったるい雰囲気になるとでも思っていたのか……、わりと夢見がちのようだ。

「お前のほうが可愛いな。……そうして馬鹿なことをしていると、いっそうそう思う」

「……？」

首を傾げ、シツァは立ち上がる。

……が、立ち上がろうとした己の行動とは裏腹に、ぺしゃんと尻餅《しりもち》をついた。

「俺と寝て次の日に立てた奴はいない」

イェセカは得意げになるでもなく、さも当然だといったふうに大欠伸を隠しもしない。

「この、絶倫が……」

「回数の問題ではないな」

「じゃあ、種馬……だ……っ、んだ、これ」

腹立ちまぎれにイェセカの一物を握り、ぎょっとして手を引いた。勃起もしていないのに、手に余るほどあった。立派だと言われることの多いシツァのそれよりもっと立派だ。

「お前の骨盤は狭くて苦労した」

「……こんなの、俺のなかに挿れるなよ……」

「弄ればすぐ開くようなケツにしてやる」

まぁ、いまは股から子種でも垂らして、そこへ寝ておけ。

「俺にも仕事がある。怪我した仲間のことも気になるし、戻る」

「お前の居場所はここだ」

「……？」

「お前はここで俺の命令をこなしている」

「……あぁ……そういう気の回し方か」

そうやって、抱いた男を一時だけ甘やかすのか。

もうすこし寝ておいで、仕事はしなくていいよ……と、傍に侍らせるのか。

「……なら、そういうのは、いらない」

「どうして？」

背骨のひとつひとつに唇を押し当てる。切り傷や擦り傷、打撲の残る躰の熱を湧《わ》き起こさせる。しょっぱい、と汗の残る皮膚を舐め、刺青を唇で愛す。

「……っ、忘、れる……から」

「何を？」

「気の迷い……っに、するから……っ」

イェセカを追い払うように、短褂《シャツ》の裾を引っ張る。

「気の迷い？」

「俺と寝たのは、気の迷いだ」

人を殺して、血を見て、叫んで、勝利に酔って、女のいない場所で手近な穴を探して、そこにシツァがいたから、行為に及んだだけ。昂った情動の捌《は》け口が目の前にあったから使っただけ。だから、イェセカのこの行為は気の迷い。

「二人でしたことなのに、俺の気の迷いなのか？」

「アンタ、面白いなぁ……」

ふふ……と、くすぐったげに笑う。

イェセカは、そんなシツァを奇妙な目で見つめている。

「奴隷が、ご主人様に逆らうわけないだろ」

「……それじゃあまるで、俺が強姦《ごうかん》したみたいだ」

お前こそ、けたけたと笑い転げるほど楽しんで、あんなにも乱れたくせに。

最後は自分から腕を回して股を開き、下肢を擦《なす》りつけて、媚びていたくせに。

「もう奴隷には手ぇ出すなよ。あとが面倒だ」

「……あぁ、お前はそういう気の回し方か」

シツァという奴隷は、殿下のお手付きになったとしても自惚《うぬぼ》れたりはいたしませんし、決して大きな顔はいたしませんし、贔屓をしてもらったとも思いませんし、このことを誰彼構わず口外したりはいたしませんし、あなたの足を引っ張るような真似もいたしません。

ですからどうか、これは気の迷い。気の迷いで終わらせましょう。

何も、なかったことにしましょう。

「何もなかったんだよ、アンタと俺の間には」

「笑うな」

「……？」

「笑って、終わらせるな」

そんな顔をして笑うな。眉を顰めて、困ったふうに笑うな。

「痛い」

骨の太い手指で顎先を捉えられ、ゆるめた口周りを絞められる。指の付け根は顎先にあるのに、指の先は耳朶《じだ》にかかるほど長く、顎関節《がくかんせつ》を搾られると、笑い顔も引き攣る。

「見損なうな」

「アンタは……ほんとに、可愛いな」

せっかく、こうしてきれいに終わらせてやろうというのに、どうして蒸し返すのか……。

ほんとに、馬鹿で、可愛い男。

「お前はもっと自分の感情で動け」

シツァは、イェセカの進退や仲間の怪我は気遣うのに、自分の感情は蔑《ないがし》ろ。戦の名残で細かな傷は無数にあって、いまも血が滲《にじ》むのに気に留める様子はない。イェセカが強く摑んだ腰回りや太腿、首の付け根には手形が残り、鬱血《うっけつ》していても、顔色を変えもしない。無理をさせたし、触れるだけで分かるほど背筋も熱を持ち、腫れているのに、痛いとも言わない。

まるでそこに怪我があることさえ気づいていないような素振りで、自分のことは二の次で、身も心もぜんぶ遠くへ追いやる。そんな顔をするくらいなら、「痛かった、つらかった、初めてなんだから優しくしろよ」くらいの文句を言って、平手のひとつでももらったほうがまだ救われる。

「だいじょうぶ」

それでもシツァは笑う。

こういう時にだけ、シツァは笑うのだ。普段はちっともイェセカに微笑みかけないくせに、こうして誤魔化す時にだけ、笑うのだ。

「何が大丈夫なんだ？」

「ぜんぶ」

「……その顔は、するな」

おおかみのえさにしないで。

そう言った時と同じでいい。怯えた表情でも構わない。

こわいならこわいと言え。いやならいやと言え。

せめて、拒絶をしてくれ。

ぜんぶ自分のなかに封じこめて、押さえつけて、何も感じていないフリをするな。

本当はどうしたいのかを、言葉にしろ。

「アンタには、ちゃんとたくさん傅《かしず》いてくれる立派な人たちがいるだろ？」

「なぜ、いま、二人だけのことに他人を出す？」

二人だけの関係から、逃げるような真似をするな。

「アンタは……本当は、奴隷ごときが触れるような人じゃない」

床に散る鉛色の髪の端を、指先で辿る。

この髪の一本でさえ、俺よりも価値のある男。

「大丈夫、もう二度とない」

もう二度と、しないから。

もう二度と、触れたりしないから。

何もなかったことにしよう。

それがアンタの為で、俺の為。

「大丈夫、アンタには何も期待してない」

困り顔ではにかみ笑いをして、イェセカの腕から逃げた。

＊

戦勝祝いだと大盤振る舞いの宴があった。城市の守護にあたっていた者にも、兵隊にも、奴隷にも、将軍にも、戦果の数だけ褒美が与えられた。戦禍による傷者には等しく手当が施された。当然のごとく、シツァには、イェセカを守った褒美があった。

「いやだ！　出る！　もういい!!」

「いけません、まだです。耳の裏も、爪のなかも、髪も、しっかり洗いなさい！　さぁ、顔に水がかかるのがいやなら、その両手でしっかりお顔を隠しなさい！」

「……っひ、ぁ……ぷ！」

大慌てで息を吸って止め、両手で顔を覆い、三角に折った膝の内側に顔を伏せる。両肩をぎゅっと上げて、湯が耳に入らないように縮こまって身構えていると、ざばり、熱い湯がシツァを襲う。

続けざまに、右から左から、宦官たちが情け容赦なく浴びせかける。部屋の中央に置かれた木製の大きな湯桶《ゆおけ》から、たぷんたぷんと湯が溢れ、石床の溝に沿い流れては、室外の側溝まで川ができる。

シツァは湯桶のなかで「もうあがる！　もういい、いやだ……っ、ひぁ、っぷ！」と、滝のごとく流れる湯水の合間に息継ぎをしては、もう勘弁してくれと訴えた。

チエの音頭で、宦官たちがシツァの体を手拭いや石鹸《せっけん》で洗い清め、またざばざばと水責めにして、隙あらば逃げ出そうとするシツァを四人がかりで制止する。

「あとすこしですから辛抱なさい。ほら髪を梳《くしけず》りますから……おや、これはこれは……」

「はやく、おわれっ」

チエの言葉を掻き消すほどの声量で、顔を覆ったまま怒鳴る。

顔が濡れるのが気持ち悪い。髪からの雫がぽたぽた眼に入って痛い。たっぷりの湯は熱くて、立ちこめる熱気は息苦しい。ちょっとでも息を吸うのを失敗したら、耳や鼻に水が入ってきて、つんと痛むし、頭のなかでぶよぶよする。

宦官の誰かが、シツァの髪を手にとる。血と砂だらけの髪も、いまはもうすっかり解かれて、するりするりとした指通りに仕上げられ、櫛《くし》にも引っかからない。

包国《バオ》の薔薇《ばら》水と、法国《ファ》の髪油。どれも生臭くて、きらいだ。

もういやだと首を横にすると、その動作を、片手でいとも容易く封じられた。大きな掌がシツァの頭をぐいと正面に向けさせ、おとなしくしろと宥《なだ》めるように、ぽんぽん、と叩く。

「はやく、かお、濡れる……べしょべしょする……目、いたい」

誰かの指先が耳周りの髪を掬い上げる。

耳の奥に水が入るのが恐ろしくて、両目を膝頭に当てて、両手で耳を塞ぐ。

「風呂は嫌いか？」

「きらい、やだ、すごくきらいだ。もうあがっていいか？」

塞いだ耳の向こうから、話しかける声がぼんやり聞こえる。

「まだだ。ほら、顔が濡れるのがいやなら、目をしっかり閉じて、じっとしていろ」

「頭から水をかける時は、かけるって言え。絶対に、何もなしにかけるな」

「もうかけない。もう終わる」

「もう終わるってさっきも言った。いやだ、あがる、もうあがる」

「湯冷めするからしっかり温まってからにしろ」

あわよくば逃げようとするシツァの肩を押さえこむ。

宦官にしては強い力で、その手には、ふにゃふにゃとした柔らかさがない。節くれた指先がそろりと伸びて、亀のように首を竦めるシツァの背骨を滑る。

「……っひぅ！」

「湯をかけるぞ」

「ひっ、待……っ、ふぁぷっ」

顔を上げかけ……下げ、身構える。いつまでもそうしていると、とぷりと湯船に沈む手がシツァの脇腹をくすぐり、下肢へ忍び寄った。

「ここも、洗ったか？」

「あ、ぁ、っ、あらった……っ、ちゃんとっ」

「嘘つけ。暴れるから洗えなかったと言っていたぞ」

「っ、……ふぁ、ぅ」

「皮を剝いて掃除をするんだ。裏筋や雁《かり》も忘れるな。……っふ、はは……びくびく震えて……なぁ、シツァ……誰が大きくしていいと言った？」

大きな掌で、ぎゅうと握り潰す。

「ひっ、ぐ」

「ここを一等きれいにしろよ。汚れが溜まる。俺は、お前の恥垢まみれの陰毛なんぞ御免だ」

「余り皮のお前が悪い。……まぁ、長く後ろで女を務めていれば、そのうち、この立派な一物も小さくなる。……それでようやく人並みか？　この金環が外れて抜け落ちる頃には、後ろが女の形に変わっているだろうよ」

あぁ、いいなぁ……立派な成人男子の象徴が、無用の長物に成り下がるというのは。勃起もできぬようになり、退化して矮小《わいしょう》な排泄器と化し、生殖器としての役目も失って、後ろで絶頂を極めるような、そんな生き物に成り下がる。

立派な男子が、赤ん坊のような宝貝《性器》をぶら下げていると想像しただけで、笑えてくる。それも近い将来、現実になるのだから、余計に面白い。

「お前には似合いだ」

「……っ！」

我慢しきれず、シツァは、ぐしゅぐしゅと顔周りの雫を拭って、後ろを振り返った。

椅子に座って袖まくりをしたイェセカが、櫛を片手に「あぁ、見つかった」と笑った。いつの間にやらそろりと背後から忍び寄り、宦官にとって代わっていたらしい。

「……何してんだ、アンタ」

「お前を風呂に入れている」

鼻歌を歌いながら、脱力するシツァの髪を乾布で丁寧に拭う。

立ち上がろうとするシツァを目で制し、頭から水をぶっかけるぞ、と脅す。

「……っ」

シツァはおとなしくイェセカに背を向けて、ぎゅっと目を瞑った。

「お前は本当に風呂嫌いだな。顔が濡れるのがいや……とは、まるで子供だ」

「…………」

「ぶすくれるな。お前が素っ気ないから、俺から会いに来てやったんだ」

「俺は、褒美をくれてやるから来いとチエ様に呼ばれただけだ」

そしたらいきなり風呂に放りこまれた。

「傷が多い躰だ……あまり傷が増えると、皮を剝いだ時に安値がつくぞ」

話を聞いているのかいないのか、イェセカは、シツァの背を撫でる。

「………アンタは、俺の皮を剝いで売る気か」

「衝立《ついたて》にして、飾ってやる」

首の付け根に切りこみを入れ、胸で開いてそこから左右へ皮を剝ぎ、背中の一面を刺青ごとすっかり剝いて、黒檀の枠に皮を張り、絹の刺繡で彩ってやろう。

「ここからここまでを剝ぐとちょうど一扇分《いっせんぶん》だ」

湯水に濡れた爪が、刺青からうなじまでを逆撫でる。

「アンタ、やっぱり趣味が悪い」

ちり、と腹の底が疼く。

この男は、また、こんな触れ方をする。

シツァが何もなかったことにしようとしている過去を、蒸し返そうとする。

「お前、結局一度も訊かなかったな」

浮いた背骨のひとつひとつを、固い指先で辿る。

自分の背に彫られた刺青のことを、一度たりとも尋ねなかった。イェセカの名をどういうふうに刻み、どういった飾り文字になり、どう彩っているのか……尋ねなかった。

「自分の背に何があるか気にならないのか？」

「アンタは皇帝じゃないから、龍《りゅう》以外の模様だろうな」

龍の紋様を使えるのは、禁城におわす皇帝だけ。

だから、きっと龍以外の何かを、この背に負わされているのだろう。

「興味もないか？」

「アンタが知ってるから、それでいい」

「……………」

「アンタが知っていればそれでいい。そこにあるのはアンタの名前なんだから……俺から見えなくても、アンタから見えてるなら、それでいい」

それは、イェセカだけが知っているモノであればいい。

自分で把握していなくても、この男が把握しているなら、それでいい。そして、この背を見て、この文字を読める者がそこにある事実を知り、喧伝すれば、それでいい。

「……お前、どっちだ？」

「何と何を選ばせる質問か分からない」

「分かっているくせにはぐらかすのは、逃避と同じだ」

質問の意図を解しているくせに、この臆病な生き物は、逃げる。

「…………」

「決めろ」

「……イェセカ」

たぶん、初めて、名前を呼んだ。

呼んでから、もしかしたら二回目かもしれない、と思い直す。

唇が、初めてじゃない気がしたから。唇が、その名前の形を覚えているから。唇がひどく気持ちいいから。もしかしたら、これまでに何度も呼んでいたのかもしれない。

「イェセカ」

「なんだ？」

名を呼ぶだけで、イェセカの機嫌がすこし良くなる。

「こわいのは、いやだ」

感情を言葉にするのは、こわい。

自分で考えて、自分で決めて、自分のことだけに責任を持つのはいくらでもできる。

でも、自分の考えを他人に伝えるのは、こわい。

どうしても、何がなんでも、何もかもすべてに白黒つけなくてはらないのか。早急に答えを出さなくてはならないのか。ただ、誰もいないところでイェセカの名を密《ひそ》やかに紡ぎ、唇が気持ち良さを覚えるだけではだめなのか。そうして、その感情だけを大切にして、二度と接点を持たずに関係を終えることは許されないのか。

シツァは、どう足掻《あが》いても、イェセカとどうにかなれぬのだから。

「俺は、アンタのこと、嫌いだ」

「そうか……よし、ならばとことんまで嫌われようか」

「……っ!?」

脇の下に両手が差しこまれ、風呂桶から引きずり出される。

石床に立たされ、いつもの明るい口調で濡れ鼠《ねずみ》だと笑い飛ばされる。なされるがままに腕を持ち上げられ、水気を拭われ、やわらかい綿布で全身をすっぽり覆われた。

「チエ、これを着替えさせてくれ」

「はい、ご主人様、畏まりました」

部屋の外に控えていたチエと宦官が、そそ……と室内に足を踏み入れた。

チエは「あぁもう、こんなにあちこちをびちゃびちゃにして……」と小言を垂れつつ、ちっとも怒っていない顔で苦笑して、「仲直りはできましたか？」とシツァにも聞こえるようにイェセカに問いかけた。

「失敗した」

イェセカも眉を顰めて笑う。

「…………」

シツァは口を挟むこともなく、何を仲直りする必要があるのか理解を拒み、イェセカはやっぱり変な男だと思った。

そうこうするうちに、シツァは見たこともないような上等の服を着せられ、髪を梳《す》かれ、三つ編みにされた。「きつく引っ張るな、頭、痛くなる」と宦官に文句をつけると、「あなたはいつも適当が過ぎるんですよ」とチエにぴしゃりと跳ねつけられる。

イェセカは椅子に腰かけ、シツァが身綺麗《みぎれい》にされていくのを、ただただ楽しそうに見つめていた。

シツァが着せられたのは、なんの変哲もない夏用の長衫《チャンシャン》だ。花鳥の刺繍があるわけでもなく、色味の派手な絹地でもない。でも、一級の上等品で、新品。

立ち襟は、顎を引くと襟先に触れるほど高い。その詰め襟の中央と、右の鎖骨に添うように飾り釦《ボタン》がふたつ。琥珀色に染めた共布のパイピングと飾り釦は同じ布だ。

釦の留め具は硬玉翡翠と橄欖石《かんらんせき》だが、石に興味のないシツァはその価値に気づいていない。それでも高価だと分かるのか、どこか緊張した面持ちで宝石を見つめている。

誂え品の着心地にそわそわと浮き足立ち、シツァは何度も足元を確認していた。腿の両端あたりから切れ込みが入っていて、ゆったりとしたズボンを穿《は》いた足が見える。シツァは裾の短い服ばかり着ていたから、裾を払う足運びはどうにも苦手だ。

「上背があって、こうも見目がよろしいと、まっすぐしゃんと立っているだけでも絵になりますこと」

チエは、見事な出来栄えに、ほう、と嘆息する。

「物足りない」

イェセカは己の小指を撫でさするようにして席を立ち、シツァの前に立つ。

シツァは着慣れない服を着させられて、皆の注目を一身に集めたせいか、棒立ちだ。

イェセカは、そのだらんと垂れ下がった手を取り、左手の中指に指輪を嵌めてやった。

若い頃からずっとイェセカの小指にあった指輪は、シツァの中指にちょうどだ。

「いらない」

シツァはすぐに引き抜こうとしたが、これがまるで誂えたようにぴったりで抜けない。

絶対に返すから、受け取れないから、必要がないから。そう言うのに、イェセカは「俺が俺の財産を飾って何が悪い」と言ってのけ、取り合わない。

たった指輪ひとつで、左手がとても重く感じられて、剣よりもずっと重く感じられて、指から全身を縛られているような心地がして、違和感があって、落ち着かない。

いままで着ていた服も取り上げられて、隅から隅まで洗われて、自分の匂いがどこにもなくて、着慣れない服が窮屈で、指に嵌められた拘束が重い。

「こんな服じゃ、仕事ができない」

「北壁工事のことか？　なら、それはいい。今日からは、俺の侍従だ」

「それはチエ様の役目だ」

王侯貴族の世話をするのは宦官であって、奴隷じゃない。

「うん、だからお前はチエの下について、チエの補佐をしろ」

「それも別の宦官が……」

「お前もやれ」

「…………」

「やれ」

それが褒美だ。

戦で盛大に働いた褒美だ。

俺の傍で、俺に侍り、俺に仕え、俺の目の届くところにいろ。

「さぁ来い。俺の傍仕えたちに紹介してやる」

「…………」

たぶん、シツァは人生で初めて尻込みした。

宦官が扉を開くと、イェセカが陽光に照らされた回廊に出る。その後にチエが続き、後から後から、ぞろぞろと続く宦官の数に気圧《けお》される。

皆、裾の長い服を着た存在だ。誰も土埃に汚れていない。

イェセカのいる世界はあちら側。賢い人が大勢いて、誰も、掌の豆が潰れるほどの肉体労働に従事していなくて、墨で手指の先が汚れる程度の座り仕事。

そんな人間たちの前に、引きずり出される。

皆が自分を見るのがおっかなくて、その場に立ち尽くす。

生きている場所が違う。こちらは、半人半物だ。あちら側へは行きたくない。

「シツァ、早くしろ」

後を追ってこないシツァのもとへ取って返す。

仕事だと言えば誰よりもよく働くシツァが、びくびくおどおどしている。

「なんだ？　珍しい」

「……そ、傍にいていい……か？」

「構わんが……それがお前の仕事のようなものだしな。……どうした？」

「……っ」

「シツァ、言葉にしなければ、助けてもやれない」

「……服がきれいで、落ち着かない」

深く俯き、懸命に言葉を探して、考えあぐねて、途方に暮れながらも、精一杯、自分の感情を素直に吐露する。

「初めて、新品の服着たから……汚したらどうしよう……って、こわい」

「…………」

「賢い人、知らない人、いっぱいのところ、こわい」

違う世界は、こわい。

「……かわいい」

袖を引くシツァを見下ろして、イェセカはぽつりとそんな本音を漏らした。

＊

「さて、よろしゅうございますか？　今日から、わたくしがお前の上司になります。わたくしの言うことをよく聞いて、わたくしのすることをよく見て、わたくしの考えていることを先回りして、すべては殿下の為によくよく尽くしなさい」

「はい」

「わたくしの仕事は、宦官の統括と殿下の身の回りのお世話です。日に数度のお着替えに始まり、御酒《ごしゅ》や御膳《ごぜん》の采配、手紙の整理、墨を磨《す》るのも、万年筆の手入れも、靴を磨くのも、世間話のお付き合いもいたします。いまは大昔とは役目が異なり、わたくしども宦官は政治に介入いたしません。……ところでシッァ、あなた、読み書きは？」

「できません」

「計算は？」

「ひと桁《けた》なら。頑張ったら、十まではできると思います。……あの、チエ様……俺、肉体労働なら頑張れますけど、知恵を回すほうはさっぱりで……」

「あなた、腕っ節が立つでしょう。それに、よく動ける。わたくしども、そちら方面はからっきしの者が多いですから、あちこちへ使いに出す時に、お前のように敏捷《はしこ》いのは重宝します」

「……はぁ」

そうはいっても、読み書き算盤《そろばん》はできたほうがいいのだろう。

勉強したいな、本や地図が読めたらな……、そしたら、こんな生活から抜け出せるのかな……そんなことを考えた日もあったけれど、奴隷の識字率なんて限りなく零《ゼロ》だ。幼いシツァにとっては、勉強よりも飢えを凌《しの》ぐほうが重要だった。それに、そういうのはランズの領分だから、自分は身体さえ張っていればいいとずっと思っていた。

「健康で丈夫が一番ですが、読み書きも大切です。けれども、勉強を仕事にしてはいけませんよ。昼間はわたくしの手伝いをして、余暇に勉学に励みなさい」

「字って覚えるの難しいですか」

「覚える気があれば、何も難しいことはありません。いきなり四書五経とは言いません。身近なものから親しみなさいな。……あぁ、その箱はこちらへ」

「身近なもの……」

チエの指図で、書簡をまとめた文箱を両手に抱え、机まで運ぶ。

「たとえばですが、わたくしの名はこう書きます。承恩と書いてチェンエン。わたくしは貧しさゆえに浄身した身で、前の名前は陸仁《ルゥレン》。その後、ご主人様から格別のご恩を賜りましたので、恩を受けた、という意味のこの名を名乗る許しを頂戴《ちょうだい》しました。……と、このように、名前ひとつをとってもきちんとした意味があります」

「……俺の名前も？」

「えぇ。勿論ありますとも。大切な意味が……」

「どういう意味ですか？」

「今度、殿下に尋ねてごらんなさい」

「……あの人は、なんで俺に構うんですか」

椅子に座って手紙を振り分けるチエを手伝いながら、尋ねる。

「鬱陶しいですか？」

「……うん……はい」

「お前は健康で丈夫ですから、あの人のアレを受け入れなさい」

チエは、歯切れの悪いシツァの返答にくすりと笑った。

「あの人、何考えてんですか」

「あの人はね、健康で丈夫な財産が欲しいんですよ」

「なんの為に？」

「そりゃあ……ねぇ……？　おやもうこんな時間、お昼にしましょう」

壁掛け時計を仰ぎ見て、はぐらかす。

「イェセカは？」

「いくらご主人様がお許しになっているとはいえ、せめて様を付けて仰い。……それと、ご主人様は昼餉《ひるげ》が遅いのですよ。朝早くに起きて、たくさんお食べになりますから。それも覚えてらっしゃい。……で、わたくしどもは食いっぱぐれのないよう、昼前の早いうちに頂戴します。これからは、あなたもここでわたくしと毎日一緒に昼食をお上がんなさい。箸の使い方を教えますから」

「…………」

「露骨にいやそうな顔をしない。朝と夜は自由に食べてよいのですから……」

「朝と夜は……食堂へ行ってもいいですか」

「わたくし、昨日より、あなたの朝と夜の食事は、あなたの部屋へ運ぶよう命じておりますが……、シツァ、あなた、今朝《けさ》は何を食べました？」

「茶を飲みました」

「昨日の昼は？　……夜はどうしました？」

「昼は茶を飲みました。夜は……あぁそうだ、チエ様からもらった落花生を食いました」

「では、もう丸二日近くまともな食事を摂っていないことになりますね」

「そうですね」

「なぜ早く言わないのです……」

それはわざと運ばれていないのだ。

あなたは、いやがらせをされているのだ。

「だって、宦官が奴隷の為にメシを運ぶ……って、どう考えても屈辱でしょう？」

「ですが、それが彼らの仕事です」

「まぁ、でも、やりたくない仕事ってありますよね」

そういうの、よく分かる。

俺も、死んだ奴隷仲間の墓穴を掘るのが、すごくいやだった。

すごく、すごく、いやだった。

「しかも、チエ様の下についていた宦官の仕事を奴隷の俺が奪ったんですから、それくらいの報復は仕方ないと思います」

「彼らには変わらず私の補佐をしてもらっています。それにお前はもう奴隷では……」

「奴隷です。……だから、宦官を叱《しか》らないでください。叱られた宦官は、俺には意地悪しなくなるけど、俺以外の奴隷にその矛先を向けますから」

矢面に立つのは自分だけでいい。シツァに意地悪をして満足するなら、そこで留めておくべきだ。それに、他の奴隷に恨まれたくない。「シツァが出世したせいで俺たちが割を食うのはおかしい、あいつのせいで……」なんてことを思われることこそ、本意ではない。

「チエ様と一緒の昼に腹いっぱい食うからそれでいいです」

「毎回あなたと一緒に食事ができるとは……」

「じゃあ、一緒に食べられる時に食い溜めします。慣れてるから問題ないです」

水も自由に飲めないような環境にいたのだ。

それに比べればずっとましだ。

チエにはそう言ったのに、夜半、「シツァ、……シツァ、どこだっ」と昼間に話すような声量で、イェセカが部屋へ押し入ってきた。

シツァは、もう奴隷ばかりが生活する部屋ではなく、中院に部屋を与えられている。そこはチエの部屋も近くにあって、イェセカが呼べば聞こえるような場所だ。

二間続きで、手前の部屋に、火炕《オンドル》の備えつけられた高床があって、そこに書き物机がひとつ。他は小間物箪笥と、その上に、欠け茶碗の茶器が一式。続きの間に、衣裳箪笥がひと棹《さお》と、壁際に作りつけの寝台があった。

「起きろ、狼」

イェセカは、空っぽの寝台からずっと視線を下ろし、石床の上で、毛布に包《くる》まって眠るシツァを蹴り起こした。

「……？　……なんだ、アンタか……っふ、ぁあ、ぁー……」

ばたばたとうるさいと思ったら……こんな夜更けに何用だ。

「なぜ、そこで寝る。なぜ、目の前にある寝台を使わない」

「そこ、ふかふかして落ち着かない」

毛布を手繰り寄せ、ぐるぐる巻きになる。

ここのところ、夜は冷えるのだ。

「寒いなら、火炕の上で寝ろ」

「あれ、気持ち悪い」

生き物でもないのに床下が人工的に温かくなって、ぞわぞわする。

「風邪《かぜ》をひきたいのか」

イェセカは、シツァの目前へしゃがみこみ、がしがしと頭を掻く。

駄々っ子を相手にして、困ったような仕種だ。

「ふふっ……へんなの」

「何が」

「火炕は、壁の向こうで、誰かが火を焚《た》きつけてくれなきゃあったかくならない」

「それはその仕事をする役目の者が……」

そこまで言いかけて、イェセカはチエから聞き及んだことを思い出したのだろう。

奴隷の為に、誰がせっせと床を温かくするというのだ。

「怠慢は許されない。是正する。……それから、寒いなら、俺がやった服を……」

「着ない」

命令があるから、仕事の時はアンタから与えられた服を着るけれど、それ以外は自由にさせてもらう。アンタに与えられたものなんか、なんにもいらない。

「そんなに俺のことが嫌いか？　……あぁ、いい、嫌いと言われると殴りたくなるから答えるな、絶対に」

「じゃあそうする。……で、そんなことを確かめる為に、こんな真夜中に部屋まで来たんじゃないだろ？　仕事でも言いつけに来たか？」

「お前、友達はいるか？」

「……はぁ？」

「夜は何を食った？　風呂はどうした？　明日の朝はどうするつもりだ？　お前、昼過ぎに一度チエの使いで外院まで出向いたらしいが、よそ見はしていないだろうな。北壁まで行って誰に会った？　ファリか？　ユンエか？　イーシンか？　喋った奴の名をすべて白状しろ。会話の内容もだ。……あぁ、やっぱり気になるから訊く。どうしてくれてやった服を着ない？　気に入らないか？　なら、お前の好きなように誂えてやる。お前、何色が好きだ？　しかもお前、今日は早めに仕事から解放されただろう？　夕方からの行動が分からん。何をしていた？　誰かと食事をしたのか？　寝るまでは何をした？」

「……勘弁してくれ」

手当たり次第なんでもかんでも尋ねるイェセカに辟易する。

この男は、わざわざそんなことを訊きに来たのか。

「だって、お前のことをぜんぶ把握しなくちゃ気が済まない」

「…………気持ちの悪い」

それともなにか、シツァの行動に不明な点があって、怪しんでいるとでも言うのか。

「俺の財産がどこで何をしているか気になって当然だ」

「アンタの財産は他にもたくさんあるだろうが」

「お前が可愛いから、お前を特別にしてやろうと言うんだ」

「それ、俺だからいいようなものの……手当たり次第、他の奴隷の前で言うなよ」

ひどいこと言う男だなぁ……と思う。こんなこと、こんな男前の顔で、宦官や官女に囁いてみろ。あっという間にその気になって、この男から特別な情愛や寵愛《ちょうあい》を得られるのではないかと期待してしまう。

「お前も期待しろ」

「……おい、触るな……やめろ」

毛布ごと抱かれて、片腕でひょいと寝台に運ばれる。

暴れると、ぎゅうと股間を握られ「潰すぞ」と低い声が脅す。

寝台に腰かけたイェセカの腿に乗せられ、「倒れた時もこうして運んでやって、公主《お姫様》のように抱いて、大事に大事にしてやったのに……」とかいぐりされる。

「きもちわるい……」

「その気持ち悪いと言うのをやめろ。ぜんぶその言葉で片づけるな」

「………だっこは、いやだ」

気持ち悪い以外の言葉を探して、ようやっと、その言葉をひねり出す。

「そうか、俺は好きだ」

「いやだっ……っつってんだろうが、いや、だ……これ、気持ち悪い」

他人の体温が近くにあるのが気持ち悪い。鼻先をくすぐるイェセカの甘い匂いも、自分を守るように抱く腕も、すぐ傍で耳を打つイェセカの心臓の音も……気持ち悪い。

こんなふうに、まるで庇護者《ひご》がするように大事に大事に扱われるのは、気持ち悪い。

「……き、もち……わるぃ……っ」

身を寄せ合って互いを守るように眠ったことはあれども、誰かに一方的に守られ、だっこをされた記憶なんてなくて、気味が悪い。それも、夜遅くまで仕事して、なのにそれでもシツァのことを心配して部屋まで走ってきて、いっぱいいっぱい質問を投げかけて、こんなふうに大事にされるのは、気持ち悪い。怖気《おぞけ》がするほど、気持ち悪い。

「いや……だ、放せ……」

「断る」

「たのむから……っ」

吐きそうだ。

イェセカの優しさが、気持ち悪い。どうせ一時の気まぐれのくせに、自分が与えたい時だけ与えて、いざ、シツァが欲しいと思う時にはもう飽きて見向きもしないくせに。

「やめて欲しいか？」

「……んっ、う」

息を止めて、身を縮めて、「もうやめてほしい」と縋る。

「上手にできたら、やめてやる」

「……っ、うぁ、ぷ」

三つ編みを引かれて、躰をくるりと反転させられる。後ろ頭を摑まれ、寝台に側臥《そくが》する体勢で肩のあたりからイェセカの腿に乗り上げ、股間に顔を埋められる。

両手を突っ張って顔を背けるが、もっと強い力で押さえこまれ、息苦しさを辛抱できず、ふが、と、口を開いた。

「咥えろ」

前を寛《くつろ》げ、シツァの口腔《こうこう》へ陰茎を捩《ね》じこむ。

「んぐ……っ、ん、ンぅ、ぅ！」

「びくびくおどおどするお前を見ていたらもよおした」

「ぉ、ご……っ、ぉ、おっ」

喉奥の粘膜が圧迫される。質量のある肉でぴっちりと気道を塞がれ、舌の根を重量のある竿で押しつけられる。たった数度の上下運動で、異物に反応した多量の唾液が分泌され、顎が外れるほど開かされた口端で泡立ち、喉元へ伝う。

イェセカは、散々シツァの陰茎を立派だと褒めそやし、シツァもまた、自分は周囲と比較してそうなのだということは自覚していた。でも、これは、そんなんじゃない。

「生娘のお前を破瓜《はか》した一物だ。ちゃんと礼を言っておけよ」

「……っ、っ！」

まるで太った男の腕。そのくせ、柔らかさはちっともなくて、芯があって固い。

雁首の出っ張りが上顎の粘膜をぐにぐにと刺激して、内頬にできる空洞にさえ肉を詰めこみ、反射でえずいて歯を立てそうになると、もっと奥へ突き立てられる。

「お前は喉も狭いのか。……あぁ、可哀想に、口端も切れている」

きゅうきゅうと窄《すぼ》まる喉の収縮に、イェセカの陰茎はよりいっそう肥え太る。

「げっ、ぇ」

顎先から喉仏へ至る薄い皮膚が、陰茎の大きさの分だけ膨らむ。

イェセカは、そのぽこんと膨らんだ首筋を皮膚の上から撫ぜて、前後に扱く。

それこそ、膣内で男性器を扱くように、喉を使う。

胃の腑からせり上がってくる嘔吐物は、出口を塞がれて行き場もなく、行ったり来たり。

鈴口に触れるどろりとした感触は、先走りと混じって、結局、また腹の底へと戻り落ちていく。それを飽くまで繰り返し堪能《たんのう》して、ぎゅうと陰嚢《いんのう》が持ち上がってくるのを感じた瞬間、ここぞとばかりに根元までずっぷりと食道へと滑りこませた。

「……っ、は……」

シッァの後ろ頭を力ずくで掻き抱き、ぶるりと身震いをする。

「っ！　……っ、っ！　……っ」

「……馬鹿、爪が……割れる」

すこし息を詰めたような、余韻に浸るような息遣いで笑みをこぼし、布団を掻くシッァの手を捩じ上げる。息苦しさにばたばたと暴れる躰を片手で封じ、脂汗を浮かべるシツァの頭を鷲掴む。次第にシツァの抵抗が薄くなり、喉もゆるみ始めると、残滓《ざんし》までしっかりとその喉で扱いた後、がぽ、と音をさせて引き抜いた。

「……え、ぁ」

酸欠で息も足りないのか、視界をぐらぐらさせながら、シツァが喘ぐ。

唇をかすかに戦慄《わなな》かせ、口端から、飲み干しきれなかった精液を垂れ流す。

「もう一度だ」

「も、いや……ぃ、ら……っなぃ……くち、ぃ、っぁい……あふれぅ」

呂律《ろれつ》が回らない。顎に力が入らない。だらりと開いたまま、閉じない。

口を閉じられないから、たらたら、たらたら、涎が溢れる。涎と一緒に精液も溢れて、鼻腔を突き抜けるその匂いに、また、えずく。

「なに、瞬く間に次の射精というものでもないから、次が来るまで口に収めていろ」

「い、ぁ……ゃ……っ、ンぉ、おっ」

「俺の膝よりはいいのだろ？　こちらのほうが、俺とお前の接点も少ないしな」

「っ、ぅ、……ぉ、っ……」

「お前が拒むから、こういうことになるんだ」

「ふっ……ぅ……ぅー、ぅ」

ふーふーと鼻で息をして、狼の眼を潤ませる。

「お前、尻で良くなるのも下手なんだ。喉くらい使えるようになれ。……あぁ、そのほうが難しいか？　……なぁ、返事をしろ」

「ぐ、……っ」

「それともこちらがいいか？」

「……っ、ぐ！　ぅ、ううっ！」

服の上から乳首をぎゅうと抓《つね》られ、唸る。

「一生涯、射精は叶わない。それ以外の場所を覚えたほうが楽になれるぞ」

「……ん、ぅ……ぅ、っ……ぁふ」

鼻から抜けるような、甘い声。

それを聞きつけて、イェセカはやわらかい乳首に爪を立てる。

「っん、……ふ」

「こっちが好きか」

そうかそうか、お前、こっちがお気に入りか。

「……ひぁ、ぅ……ぅ」

違う、そうじゃない。気持ち悪いだけだ。

あぁ、くそ、だめだ、鬱陶しい。頬周りに、乱れた自分の髪がかかって、邪魔だ。

「……シツァ？　どうした？」

陰毛にざりざりと頬を擦りつけるシツァに、イェセカがくすぐったいと笑う。

「これ……むこう、ゃ……って」

かみ、じゃま。

「お前は本当に優秀な子だ。……そういうことはきちんと言えるのだから」

「ちんこ、いたい」

「しゃぶっているうちに大きくなったか？」

「……わかんない」

でも、痛い。ぎりぎり、ぎゅうぎゅう、アンタがくれた金環が俺を苦しめる。

胃袋はアンタが出した精液でたぽたぽしてて、口のなかもアンタのにおいでいっぱいで、頭のなかはアンタをどうやって追い出そうか考えてて、でも、思いつくのは、一人で寝るよりも、火炕の上よりも、アンタの体温が傍にいっぱいあるほうがマシってこと。

「ぃ、ぁ、ぃ……れ、わか、ん、ぁ、ぃい」

「じゃあ、分かるまで続けよう」

「ゃ、ら……も、ぃら、な、いぃ……っ」

いらないって言ってるのに。欲しくないって言ってるのに。

なんで、溢れて溺れるほど、与えてくるんだ。

＊

覇州は、北方五州のひとつに数えられる。

北方とある通り、広大な大陸の北に位置する。

残暑の厳しい季節になると、毎年、ここより南に位置する首府真京《しんきょう》から、皇帝が避暑に訪れる。天子様のお越しとあって、覇州の街はお祭り騒ぎだが、吉佳宮のほうは、そう手放しで喜んでもいられない。なにせ、皇帝とその側近や宦官、衛兵が数百人単位で滞在するのだ。接待の準備で、目も回るほど慌ただしい。

この時ばかりは、イェセカの西洋趣味もナリを潜め、吉佳宮を華やかに飾り立て、照族の礼装に身を包み、照族の礼を以て皇帝を最大限にもてなす。

いつもなら「次は気をつけなさい」で赦される些細な失敗も、首府の宦官が目を光らせているいまは気を抜けず、吉佳宮はどこかピリピリとしていた。

シツァは、その立場上、イェセカの傍に侍っているけれども、チエが一切を執り仕切っていて、自分がすることといえば、いつも通り、方々へ走り回り、手紙や指示書を届け、細々《こまごま》とした荷を運び、墨を磨って書面の用意をして……と、裏方に従事するばかり。

いざ皇帝一行が覇州へ到着すると、イェセカは皇帝につきっきりになった。

勿論、シツァが皇帝と顔を合わせられるはずもなく、必然的に、イェセカとも、十日以上、顔を合わせない状況が続いた。

それはそれで気が楽だ。

朝に、昼に、夜に、何を食べた、誰と会話をした、誰と顔を合わせた、誰に意地悪をされた、今日はどうしてその服を選んだ、きちんと布団で眠っているか、茶で腹を膨らませてはいないか……と、質問攻めにされずに済む。

あれには本当に困ってしまうけれど、一度だけ、シツァが「そんなに俺のことを把握したいなら、俺の行動をぜんぶ日記にして毎日報告してやろうか」と言い返したら、「あぁ、それはいいな。お前の字の練習もなるし」とそれはそれは嬉しそうに笑った。

あの男は、シツァが字の練習をしていることを、知ってくれていた。その話題になった時、この名の意味を尋ねればよかった。今更ながらにそう思ったが、もう遅い。皇帝が帰京するまで、イェセカは多忙だ。

そう考えると、朝は皇帝に合わせて朝食を摂り、昼から夜にかけては観劇や狩猟を楽しみ、広大な庭園の散歩に付き合い、夜は夜で宴会を催し、また次の日は遠駆けをして、それから、長いこと部屋に籠《こも》って政治の話をして……と、休まる暇がない。

「シツァ、あなた、ここのところずっと休みがなかったでしょう。今日はもう自由にして構いませんよ」

「やることないんで……ここにいさせてください」

がちがちに固まったチエの肩を揉みながら、応える。

「まぁそう言わずに……明日からまたあちらの宦官に我儘《わがまま》放題を言われるのですから、休める時にお休みなさい。あともうすこしの辛抱です。あと数日もすれば、あの者どもは南へ帰ります」……そうしたら、お前もご主人様に構っていただけるようになります」

「なんでそこであの人が出てくるんですか」

「そりゃあ、お前、肩を揉む間ずっと頭上で溜め息をつかれてごらんなさい。お前が語らずとも、そういう時は、ご主人様が恋しい時と相場が決まっています」

「…………恋しいとか、分かんないです」

「悪い口許です」

背後を仰ぎ見て、誤魔化し笑いするシツァの頰を、チエが優しく抓る。

「あの人、元気にしてますか」

「ご主人様なら、……えぇ、そりゃあもう…………お前に会えず寂《さみ》しそうですよ」

「……あの、チエ様、……えぇと……その、……あの人、いっぱい頑張るじゃないですか、

……いや、俺がそういうの偉そうに言えた義理じゃないですけど、でも、……頑張ってる
……って、ちゃんと褒めてあげないとだめじゃないですか、あの人……」

褒められた時の嬉しそうな顔。

いままで頑張ってきたことがぜんぶ認められて、得意げになった顔。

宝物を見つけた時のような、お星様を摑んだみたいな、幸せな顔。

あの人、最近、あんな表情や感情になってるのかな。

「では、これが終わりましたら、お前が褒めてさしあげなさい。あの人を面と向かって褒められるのはお前くらいのものですよ」

皇族に「アンタがんばってるね、えらいね」なんてことが言えるのは、シツァくらいのもの。他の者がそれを口にすれば不敬だし、阿《おもね》っていると捉えられがち。

けれども、シツァは本当に純然たる感心で、「がんばってるね」と褒めるのだ。

純粋な気持ち。ただそれだけの感情を以て己を褒めてくれる人がひとりでもいたなら、もし、ひとりでも心底自分を認めてくれる人がいたなら、それは、とてもとても救われる。

「お前、あの方のこと、憎くはないでしょう？」

「個人的憎悪はありませんが、嫌いです」

「頑《かたく》なですねぇ。……何がそんなにいやなんですかねぇ……」

「為政者が嫌いなんです」

「でも、あの方の人となりは好きでしょう？」

「き、らい……です」

「……シツァ、肩が痛いですね」

「……すみません」

　慌てて手を放し、皺《しわ》の寄ったチエの服を整える。

「お前の立場上、権力者を嫌うのは理解しなくもありませんが……ご主人様は善《よ》いご主人様です。立場ばかりを気にして、お前から壁を作ってはなりません」

「…………チエ様は、どこまで知ってんですか」

　この人は、どこまで知っていて、こんなことを言うのだろう。

「なんでも知っていますよ。ご主人様のことは当然のこと……もちろん、お前とご主人様がしていることも」

「……っ」

「安心なさい。わたくし、宦官ですよ？　ご主人様のことなら排泄物から閨事《ねやごと》まですべて把握しております。その点、お前は分別もありますし、身の程も弁《わきま》えている。お前となら子供もできませんし、なにより、お前は権力に興味がありません。ご主人様が、宦官や女官と遊び耽るよりはずっとマシです」

「二度とあんなことはしません」

「お好きになさい。お前の考えや趣味嗜好《しこう》は私のあずかり知らぬところです。……が、ご主人様がお前をいたくお気に召したことは明白。ですから、わたくしは、ご主人様のご多幸を願い尽くすだけ」

「あの人のことなら、なんでもお見通しですか」

「そりゃあねぇ……生きてきた時間の大半を、あの方とともに過ごしておりますから」

「…………」

「シツァ、肩が痛い」

「……っ、す……みません」

「お前は存外嫉妬《しっと》深い性根のようですね。……まぁ、溢れんばかりの愛情の行き先を探しているあの方とは、それでつり合いもとれてちょうどよいでしょう。困り事があったなら、わたくしに相談なさい」

「チエ様は、なんていうか……その、善い人ですね。あの人の命令とはいえ、奴隷の面倒なんか見る破目になったっていうのに」

「それを本気で言っているなら、わたくしは、お前を折檻せねばなりません」

「……？」

「わたくし、命令でなくともお前が困っているなら助けます」

お前は、健康で、丈夫で、真面目によく働き、時間を見つけてはわたくしの肩を揉んで、わたくしの為に茶を淹れてくれて、わたくしの為に「大丈夫ですか？　ここは俺が片づけておくのでチエ様は休んでください」とそう声をかけて、助けてくれるのです。

ご主人様のことも、「あの人は元気ですか」と常に気をかけてくれるのです。

宦官から陰湿ないじめや暴力を受けても、一度もチエにもイェセカにも打ち明けず、相談もせず、弱音も泣き言葉も漏らさず、文句はひと言も言わず、殴られ蹴られ、物をぶつけられてできた痣を隠して、ひとりで痛みに耐え忍ぶ。可哀想なくらい、いい子。

誰にも何も伝えられない子。

なのに、翌朝にはいつも通りのはきはきとした明るい顔で「おはようございます」と仕事に励む。

「こんないい子をどうして嫌いになれましょう。……あぁ、話が長くなりすぎました。さぁ、お前ももう休みなさい。今日は肩を潰されそうで恐ろしいですし、わたくしもすこし意地悪をしました。ほら、厨房へ行って、これで水菓子でも融通してもらいなさいな」

「……はぁ」

駄賃を握らされ、部屋から追い出される。

望外の余暇ではあったが、シツァには僥倖《ぎょうこう》に思えた。

シツァがひとりで自由に動ける日は少ないし、吉佳宮の外へも出られない。それに、皇帝一行が滞在中のいまだからこそ、シツァにも、どうしても外せない用向きがあった。

「今天《ジンティエン》、不見不散《ブジェンブサン》（今日、お前と会えるまで帰らない）」

そういう約束だ。昼間、人目を避けるのはなかなか難しく、夜更けなら抜け出す隙もあるだろうと窺っていたが、チエからの許しを得たことは、実に千載一遇の好機だ。

待ち合わせにはまだ早いが、厨房で杏《あんず》をひとつ分けてもらい、日暮れ頃に外院を出て、北壁近くの庭園へ足を向けた。いまの時期、枝垂れ柳の青が見納めだ。杏を片手に、シツァは清流に架かる曲橋に立ち、川面に揺れる柳を見つめる。冬になればこの青もくすんで、春には天女の衣のような柳絮《りゅうじょ》がふわふわふわと舞い踊り、幻想的な世界を作り出す。

「……その頃まで、生きてるかなぁ」

欄干に凭れかかり、ざぁ、と吹きつける晩夏の風に目を細める。

生きていることを楽しいと思ったり、生きていることに魅力は感じないけれど、来年の春、イェセカは俺がいないことをどう想うだろう？　何も想わないだろうか、それとも、すこしくらいはさみしいと想ってくれるだろうか。

柳絮の真っ白の綿が、まるで春の雪のように世界を埋め尽くすなか、黒絹で仕立てられた照族の正装を身につけたイェセカが九曲橋に立つ。その姿だけはひと目見たかったなぁ……と、それだけは心残りに想う。

一生見ることのない姿を想い描いて、なぜか、夕焼けに染まる川面が滲む。

だめだな……と思う。悩んだり、考えたり、しんみりするのは苦手だ。そういうのはいつもランズの仕事で、シツァは頭よりも躰を動かすほうが得意で、そうあるべきなのだ。

「ユンエの言った通り、きれいな服着てんなぁ」

シツァの隣に、ひょいと細身の男が乗り出す。

「………ランズ？」

「おう、シー……久しぶり。……なんだ、お前、えらくしょげた顔して？　俺に会えなくてさみしかったか？」

ランズと呼ばれた痩せ地の男は、ばちんとシッァの背を叩いた。

「俺はさみしそうな顔をしてたか？」

「あぁ、そりゃあもう見たことのないくらい悲しい顔をしてた。……なぁ、せっかく、ホン老に頼みこんで、覇州行きの随従に入れてもらったんだ。久々の兄弟との再会、辛気臭い顔してないで喜べよ」

小首を傾げてくしゃりとはにかみ、シッァの髪をぐしゃぐしゃと掻き混ぜる。

「……本物のランズだ」

「おう、本物のお前の兄弟だ」

血は繋がっていないけれど、お前と一緒に仲間の墓を掘った兄弟だ。

「ランズ!!」

「うぉ、っと……ぉ」

蚤みたいに飛びつくシッァを、ランズは両腕で抱き留めた。

「ランズ、ランズ、ランズ……！」

あぁ、久しぶりに会えた親友。兄弟。仲間。久しぶりの大事な大事な兄弟のにおい。

赤茶けた三つ編みに指を絡めてくちゃくちゃに掻き混ぜ、ぎゅうと抱きしめる。

ランズもありったけの力で抱擁を返して、「あぁ、シーのにおいだ」と頬をゆるめた。

「……ランズ、お前、また痩せたか？　病気は？　具合は……やっぱり真京の夏はお前の躰にはこたえるんじゃ……なぁ、メシ食えてるか？　寝れてるか？　顔よく見せろ。……ほら、顔色悪い。あ、そうだ！　これ、杏！　帰って食え。ここに入れとくな？　ったく、無理してこっちまで来て……ばか、向こうで指揮だけしてろよ」

「シー、たくさん訊いてくれても、待ってくれなきゃ答えらんないよ」

「だって、心配」

肉の薄いランズの頬を両手で押し包み、久しぶりのその感触を確かめる。

確かめながら、ふと、涙が出そうになる自分の感情と重なるものを思い出す。

イェセカも、同じような質問をシツァにした……と。

けれども、いまはそれより目の前にいるランズの乱れがちな呼吸に気をとられ、イェセカへの感情は遠くなる。

「ランズ、胸、苦しいか？　大丈夫か？　どっかで休むか……冷やしたらだめなんだろ？ここ、寒いから……どこかあったかいとこ……」

せめて自分の体温を分け与えることはできないか。

ランズの躰を抱いて、けほんと咳《せ》き込む背中を撫でさする。

「っ、……いいから、このまま……俺もそんなに時間ない」

シツァの肩口に額を預け、はぁ……と、つらそうな息を吐く。

「うん。分かった。……じゃあ、先に伝える。……覇州は無理だ。ここの奴隷は動かない。おそらく北方五州は全て。そのくせ、覇軍は行動が早い。練度の高低差はあるけど、指揮官連中は忠実だ。丸二日もあれば完全武装で首府まで駆けつける」

「雪は？」

「降ったら……もう数日かかる。北長江《ベイチャンヂャン》に薄氷が張れば足止めもできるけど、完全に凍っていたら渡河してくる」

ランズの胸に頬を押し当て、すん、と鼻を鳴らしてそのにおいを胸に溜めこむ。

次に会えるのはいつになるか分からないから。

「シーは、いつ真京へ戻ってこれそうだ？」

「いつでもそっちに戻る。ここでできることはもうない。でも、必要ならもうちょっと情報を吸い上げてからそっちに戻るし、途中でやることがあるなら、そこへ行ってもいい。でも、できたら、早くここから出たい」

「どうした？　またいじめられたか？　殴られたか？」

「ここは、居心地が悪い」

いっぱい溢れて溺れそうなことがあって、息苦しい。

「そっか。……分かった。じゃあ、もう戻ってこい」

「うん」

ランズの三つ編みを摘まんで、指先に絡める。

「お前のその癖、直んないなぁ。……さみしい時は声に出せって言っただろ？」

「早くお前の傍に行きたい」

「俺の傍に来たら、その時はもう終わりの時だ。急ぐな。……ほら、元気出せ、甘えた。……な？　……もうリウのツラは拝んだか？」

「まだ」

「……すぐに見せてやるから」

「うん」

「お前が上手くあいつに取り入ってくれて助かった」

「……あいつ」

「ジュリグシャンホの門神」

皇帝の居《きよ》す九重《ここのえ》の内の禁城の、その門前を守護する神様のような存在。

イェセカ。

真照王朝の始祖ジュリグシャンホ氏の直系。

この国を真に支える男。

「あの男、用心深くてさぁ……誰も近寄れなかったんだよ」

「……うん」

「お前もいやだろうけど、すぐに連れて帰ってやるから……もうちょっと我慢な」

「だいじょうぶ」

最初からそのつもりだったから。

ちゃんと、そのつもりで、仲良くしてないから。

ちゃんと嫌いだから、大丈夫。

だいじょうぶ、ぜったいに、ずっと、ちゃんと嫌いだから。

*

ランズと別れた後、中院の回廊を渡っていると、夜風に乗って、音楽が漏れ聞こえてきた。月琴や楊琴、音の切れ目に、鳥や仙女の鳴き声に似た二胡《にこ》の旋律が物悲しげに響く。

イェセカは、自分ひとりの時は、蓄音機で西洋の音楽を聴く。男や女の歌声が入った曲だ。ニーベルンゲンリートという叙事詩を素地に、徳国の作曲家が書いた楽劇らしい。

シツァが傍につくようになってから、チエはほっとしたように「あぁよかった、わたくし、西洋の曲は欠伸が出ますの」と早々にお茶の準備だと逃げて、代わりに、シツァが尾長鳥のビィランに頬を啄《ついば》まれながら付き合わされた。

シツァも欠伸が出ないと言えば嘘になるけれど、重く、勇ましく、幽玄とした曲調のなかで、窓辺の椅子に腰かけて読書するイェセカの傍にいるのは、わりと好きだ。

それに、こういう時、イェセカはシツァを自由にさせてくれるから、絨毯敷きの床に這い蹲って文字の練習をする。気がついたら、イェセカの足元に座りこみ、その膝に頭を預けてうたた寝していることもあるけれど、イェセカは怒らない。次にその部屋へ来た時に、勉強用の小さな机が用意されてあったりして、でも、結局、イェセカの足元にいたほうが落ち着くから、そこへ座りこむ。

「お前は、寒くて人恋しくなると傍に寄ってくるな」

まるで、人に馴れた狼の赤ん坊のよう。警戒心が強くて、臆病で、こわがりで、ひとりでツンとしたところがあるくせに、イェセカの傍が安心できるからと、そこに寄ってくる。

寄り添って、ぴたりとくっついて、離れない。

「……馬鹿馬鹿しい」

甘ったるい記憶に、舌を打つ。

寒さの厳しいこの北地で、子供のシツァが真冬にひとりでいると凍えて死ぬから、つい、温かいほうへ寄る癖がついただけだ。別にイェセカじゃなくても、誰にでもすることだ。

いままではずっとランズが傍にいたけど、いまはいないから、その代わりなだけだ。

「……？」

仙女の鳴き声を真似た二胡の音色が途切れた。

それでもなお、しくしくしくしく啜り泣きが聴こえる。

歴代皇帝の住まう禁城には、やれ、かつての皇后の怒りを買って殺された女官の亡霊だとか、側室同士の争いから部屋の鴨居《かもい》で首を吊った女の呪詛《じゅそ》だとか、井戸に身を投げるよう命令された貴妃の幽鬼だとか、とかく、女の死鬼《ほとけさま》が出ると噂される。

その点、この吉佳宮には、禁城ほど怪談噺《ばなし》は多くない。

「……子供？」

芙蓉《ふよう》の垣根を覗くと、可愛らしい童子がしゃがみこんで泣いていた。

上等の絹の服を着ているが、暗がりで顔はよく見えない。

育ちの良さそうな円《まろ》やかな声音で「媽媽娘娘《おかあさま》……媽媽《おかあさま》……媽《かあさま》……」と舌ったらずに「……まぁーま、……まぁ……まぁー……」と、しくしく、べそべそ泣いている。

「小鬼《ちび》、母さんを探してるのか？」

「ひっ、ぅ……!?」

隣にしゃがみこむシツァにやっと気づいて、童子はぺちょんと尻餅をついた。

「大丈夫か？　ほら、しっかりしろ」

脇の下に手をやって抱き起こし、ぱんぱんと土埃を払ってやる。

「狼の眼だ」

その子が立つと、しゃがみこんだシツァとちょうど目線が同じになった。

シツァの瞳を見るなり、さっきの涙もどこへやら、シツァの頬をやわらかな両手で押し包み、月夜にも目立つ琥珀と翡翠の混じった眼《まなこ》を、鼻先がくっつく距離で覗きこむ。

「これをそうして見たのは二人目だ」

シツァが笑うと、その子もふにゃりと笑った。

世間知らずのお坊ちゃんのような風体だ。爪の先もまるまるとしてやわらかく、頬はふくふくとして、目尻を下げて愛らしくはにかむ。

「朕《チェン》以外にも、その狼の眼をこうして見た者がいるのか？」

「あぁ、この城のあるじが」

「にぃさま？　お前は、にぃさまの傍仕えなのか？」

「……アンタの言うにいさまが俺のあるじなら、そうだな」

この子供、イェセカの弟だ。ということは、この国の王だ。

そんな雲の上の生き物が、なぜ、こんな場所にいる。なぜ、母親を恋しがって泣いている。なぜ、こんな寒い場所で、宦官のひとりも伴わずにいる。

「トゥイシは、にぃさまのお部屋へ行きたい」

「トゥイシ？」

「朕の名だ。にぃさまは、トゥイシのことをそう呼んでくださる」

「あぁ……あの変なあだ名か」

「にぃさまは、家族や親しい者をそうして愛称で呼ぶのだ」

「ふぅん」

「トゥイシは、もう音楽を聞きたくない。おべっかにはうんざりだから、宦官どもの傍にもいたくない。部屋にも戻りたくない。にぃさまと二人でお話がしたい」

「それで部屋を抜け出してきたのか？」

「そうだ」

「じゃあ、部屋まで連れていってやる。暗いから気をつけろよ」

トゥイシの手を引いて、中院にあるイェセカの部屋へ向かう。

トゥイシは人との会話や接触に飢えているのか、とても皇帝とは思えない警戒心のなさでシツァに懐き、ぺらぺらと内情を喋り始めた。

「毎年、夏の終わりに吉佳宮に来るけれど、にぃさまとはほとんど話せないんだ」

「毎日一緒にいるのに？」

「リウが間に入る」

「リウ公公のことか……？」

リウは、皇帝の宦官だ。いま、この国で最も権力を持っている宦官だ。

元は皇帝の祖母の宦官で、そのまま、現皇帝の宦官になった。

「リウは、トゥイシがにぃさまに話しかけようとすると、こわい顔をする。それから、トゥイシが話したい内容をにぃさまの宦官に伝える」

「分かってない。アンタの話したいことが分かるのか」

「リウ公公は、トゥイシは、にぃさまに嫌味を言いたくない。ただ、にぃさまが贈ってくれた自転車や、美味しい食べ物のお礼が言いたい。にぃさまがくれるお手紙にお返事を出せないことを謝りたい。トゥイシがにぃさまにおねだりした外国の服や本、お菓子や楽器、小鳥や、馬や、絵画や、写真機を、にぃさまと一緒に楽しみたい」

「……あいつ、甘やかしすぎだろ」

どれだけ甘やかすんだ。

「でも、一番はにぃさまのお膝でお昼寝がしたい」

「……あぁ、うん、それは分かる」

「お前もにぃさまのお膝でお昼寝をしたのか？」

「ちょっとだけ……何回か」

「トゥイシは、にぃさまが覇州へ行ってしまってから、もう何年もしてもらっていない。……いいなぁ……してもらいたいなぁ……、にぃさまのお膝はぽかぽかして、あったかくて、トゥイシの頭を乗せてもびくともしなくて……」

「ちょっと固い」

「そう！」

「それから、寝てる時に前髪を撫でて、触ってくる」

そうして、寒くないようにと自分の上着をかけてくれる。寝返りを打つと、膝から転げないように肩を支えてくれる。自分は本を読んでいるのに、そういう時を見逃さず、いつでも自分のことを見てくれて、自分のことを気にかけてくれて、時々、指の背で頬の曲線を優しく撫でてくれて、雰囲気がやわらかくなるのが分かって……。

「そのあと、指を絡めて、手を繋いでくる」

「にぃさまは、トゥイシにそんなことしない」

「…………」

「いいなぁ、にぃさまと手を繋げて……」

「そ、そう……か……」

「でも、これでリウの言うことはやっぱり嘘だと分かった。にぃさまはやっぱり昔と変わらない、優しいにぃさまだ。リウから聞かされているにぃさまのご様子とは全然違う」

「……リウ公公は、イェセカのことを悪く言うのか？」

「すごく」

とてもとても嫌そうな顔で、トゥイシは頷く。

「じゃあ、リウ公公の言うことは信じなくていい。話を聞いているフリして、自分が信じているものを信じるといい。……アンタのにぃさまは、優しい人だ。あの人は、たくさん頑張って、たくさんの人を支えて、たくさんの人の為に働いて、奴隷が産んだ子供のことも、戦災孤児のことも、病気の人のことも、宦官のことも、いつも、皆のご飯のことを考えてくれて、幸せになれるようにたくさんたくさん頑張ってる」

「お前はにぃさまのことが大好きなのだな」

「…………」

「顔を見れば分かる。トゥイシから見えるのは、お前の顎先や口許だけだけれども、にぃさまを語るお前の横顔はきれいだ。きらきらしている」

「……っ、ちがう」

右の手で前髪ごとぐしゃりと顔を覆い、唸るように否定の言葉を口にする。

顔から火が出るような想いだ。

「お前は色が白いから、耳も首も赤くなると紅玉か紅珊瑚《べにさんご》のようだ」

「……違う、これは……違う」

違う、これは、認めちゃならない感情。

あいつは皇族。ここにいるこのガキもそう。俺はただ取り入っただけ。俺が信用してるのはあいつじゃない。ランズだけ。ランズと、仲間だけ。

チエは、「権力者のイェセカを嫌えども、人としてのイェセカを嫌う理由があるのか？」とシツァに問うた。そして、シツァはその時、なんと答えたか。

嫌いと答えたはずだ。ちゃんと、そう言ったはずだ。言えた……はずだ。シツァはそれ以上考えることはできない。考えてはいけない。答えを出してはならない。

裏切らない為に。

最初から、選んではいけない。

「お前がにぃさまのことを好いているように、にぃさまもトゥイシのことを好いていてくださると思うか？」

「俺のことは……そういうんじゃない。……あぁ、もういいや、俺のことは。……でも、イェセカはアンタのことを愛してる……と、思う」

「なら、お前もトゥイシと一緒に、にぃさまに大好きと言ってくれるか？」

「言わない」

「どうして」

「奴隷はあるじのことを好きか嫌いで判断しない」

奴隷は忠誠を尽くし、敬愛し、崇拝こそすれども、愛しはしない。

「どうして？」

「あるじの迷惑になることをしてはいけないから」

イェセカの迷惑になることをしてはいけない。

本当に相手を想うなら。

「お前は、とても困った顔をして笑うんだな」

「そういうふうに相手のことをよく見極めるところ、イェセカによく似てる」

やっぱり早くここから逃げよう。

ここにいると、自分が自分でなくなるから。

＊

「シツァ、あなたに数日の休みを与えます。仕事をする必要はありません。ずっと部屋にいらっしゃい。食事も運ばせますから、一歩も外へ出てはなりません」

イェセカのもとへトゥイシを案内した翌日、チエからそう言い渡された。

心当たりはある。皇帝に失礼な言動をとったことと、ランズとのこと。おそらく、原因はそのどちらかだ。……まぁ、どちらにせよ、処罰に相当すると判断されたなら、その時は、とっとと死んでしまおう。ありとあらゆる意味でそのほうがいい。そう決めた。

沙汰《さた》があるまで、シツァは自室で身を慎んだ。

その日から四日目の夜、見知らぬ顔の宦官に連れられて、中院の一室へ向かった。

「シツァ！」

高椅子に腰かけたトゥイシが、シツァの顔を見るなり笑顔を見せる。

それからすぐに曇り顔になって、右に立つツァオ公公に助けを求めるような顔をし、次いで、左に立つリウ公公に責めるような視線を向けた。

「お前がシツァですか」

そんな視線をものともせず、リウは、シツァとトゥイシの間に割って入った。

つんと澄ました顔の宦官で、シツァの奇異な見目を上から下まで睨《ね》めつけ、額《ぬか》ずいたシツァの、床についたその両掌を黒い靴で踏みつける。

ごり、と指の骨が、固い床に擦れた。シツァは丹田に力を溜めて、ぐっと堪える。

「分不相応な指輪なぞをして」

「……っ」

中指に嵌めたイェセカの指輪を、執拗に踏みにじられる。中指の付け根が、骨の継ぎ目とは逆さになるほど体重をかけられた瞬間、ごきん、と音がして折れた。

指先から二の腕、肩、脊椎を駆け昇り、首から脳へ、同時に、刺青のある腰骨へかけて雷電が走り、背中一面に冷や汗が噴き出る。ひゅっ、と息を呑み、悲鳴を飲み下し、激痛に耐えると、折れた箇所をさらに踏まれる。

いま、ここで殺してやろうか……。

歯噛みするシツァの殺意に気づいたのか、リウはひらりと身を翻し、「皇上《ファンシャン》、本当にこれをお召しでおざりますか？」と、トゥイシへ話しかけた。シツァに向けるのとは異なる、甘ったるい声音だ。

「うん、これが欲しかったのだ」

「……ですが、親王殿下はお断りになりあそばされたのでおざりましょう？」

「そうなのだ。……だが、朕が悪いのだ。にぃさまのものを欲しがった朕が悪い。それをリウ公公、そなたが大騒ぎをして、大きな問題にして……。なぜ、シツァを連れてきた」

「皇上のお望みを叶えるのが、奴才《ヌウツァイ》の悦《よろこ》びでおざります。皇上はこの奴隷がお気に召したのでおざりましょう？　ですから、この奴隷を献上せんが為に、奴才は精一杯の努力をしたのでおざります」

リウはトゥイシの足元へ跪き、あからさまに媚びる。

「朕は、にぃさまを困らせたくない」

「されども、この奴隷をお気に召したのでしょう？　首府へ連れ帰りたいのでしょう？」

「……っ」

「では、頂戴をしてごらんなさい。そうして、親王殿下の真意をお計りなさい。もし、親王殿下が皇上の命に背いたならば、それはつまりは、親王殿下が、偉大なる照国皇帝であるあなた様に二心があるということになります」

「二心？」

「皇上を嫌い、ということですよ」

「にいさまは、……朕を嫌っているから、シツァをくれないのか？」

「ええ、ですから……頂戴をなさい」

トゥイシの手を取り、そそのかす。

「…………これが、照奸《ヂァオハン》」

喉の奥で、シツァは忌々しいリウを呪《のろ》う。

あぁ、これが諸悪の根源か。

このリウこそが、仲睦まじい兄弟の仲を引き裂き、いまのこの世を作る宦官の頂点か。

……さて、どうする、いま、殺そうか。だが、シツァ、殺してしまったのでは、意味がない。この状況で殺すのは、すこし、違う。それは、ランズやシツァたちが目指すものではない。だが、これぞ千載一遇の好機。さぁ、どうする。殺すか。

「お待ちください、お待ちください！」

宦官の悲痛な訴えが、廊下から響く。

間もなくして、チエだけを伴ったイェセカが部屋へ入ってきた。

シツァを一瞥《いちべつ》すると、それでもまずは皇帝である弟に膝をついて臣下の礼をとり、「わたくしの奴隷をお返しください」と訴えた。

ばかだなぁ……と、思った。

俺のことなんか放っておけばいいのに。

捨てておけばいいのに。

権力闘争の場で、愚直なまでに己の弱点を晒してどうするのだ。

それは、相手につけ入る隙を与えるのと同じだ。

ばかだなぁ……。

俺は、アンタの弱みになっちゃってたのか……。

ごめんな。

＊

この四日間、イェセカは拒み続けていた。のらりくらりとあの手この手で躱《かわ》すイェセカに痺《しび》れを切らしたリウが、強硬手段に出た。そしていま、もう、拒むことはできない事態までできているのは、誰の目にも明らかだった。

「朕は、今夜はもう休む。皆《みな》も下がれ」

トゥイシが、自分にできる精一杯の気遣いでその場を解散させて、それでようやく、シツァはイェセカのもとへ戻ることができた。

「……痛むか」

シツァの手指に包帯を巻きながら、イェセカが問うた。

「たいしたことない。俺は、右が利き腕だ」

「そういうことを訊いているんじゃない。元はと言えば……」

「元はと言えば、俺が不用意に皇帝に近づいたことが問題だしな」

「……違う。あの子は、本当にお前が欲しいわけじゃないんだ」

「分かってる。あの子はまだ子供だ」

悪いのは、あのリウという太監だ。

トゥイシは、リウの傀儡《かいらい》。トゥイシからはそれを忌避する節も見え隠れするが、幼皇帝にはその対抗策がない。唯一信頼できる兄さえ、遠い北原の地に封じられ、頼れない。

リウは、トゥイシを操ることによって、誰が王で、誰が臣下か、立場を明確にさせたいのだろう。周囲にも、トゥイシこそが王であり、トゥイシが重用するしかないリウこそがこの照国の要であると強調したいのだ。

加えて、リウは、国内での支持率や国外からの評価も高いイェセカではなく、トゥイシこそが天子であると諸国へ主張したい。足元が不安定なトゥイシ側の勢力は、イェセカをできる限り貶《おとし》めたい。そうすることによって、国内だけではなく、国外へ向けても、対話すべき相手はイェセカではなくトゥイシとその太監リウであると主張したいのだ。

要は、面子《メンツ》の問題だ。この国の人間は、面子を重んじる。だからこそ、いま、文化文明がさらに発展を兆すこの世界でも、未だにこんな古びた政治体制を強行している。

その些細な面子を誇示する道具として、シツァに白羽の矢が立った。

皇帝の宦官は、皇帝の兄が手元に置く奴隷を要求した。その要求を拒めば、イェセカは皇帝に反旗を翻す者と見做《みな》され失脚し、処罰される。目の上のたん瘤《こぶ》である皇帝の兄を処す為なら、原因理由はこじつけでも構わない。リウたちはそれを狙っているのだから。

「大丈夫、分かってるから……」

「…………」

「なんとなく、分かってた。……ほら、アンタの周りにさ、優秀な人、少ないから。……あぁ、うん……言い方がちょっと悪いな。……なんて言ったらいいんだろ……、えぇと、この城には、これからあと数年もすれば立派になる優秀な人材がいて、アンタはそういう人財を大事にして、ちゃんと認めて、褒めて、仕事をしてもらってるのに……アンタの周りは、みんな仕事にめいっぱいなんだ」

成長して、立派になって、イェセカを助けてくれるはずの人がいない。

宦官も、軍人も、兵隊も、下働きも……。

「たぶん、毎年、こうやってあの子が来るたびに、優秀な人たちを献上させられてんだろ？　だから、アンタが大事にして、育てて、これからを一緒に担っていこう……って、そう思った人は、きっと、ここには誰も残っていない」

　そして、ここに残るのは、己の仕事にめいっぱいの人間と、指示を仰ぐ先輩が不在で仕事に不慣れなままの未熟な人材だけ。チエがどれだけ懸命に働いても、間に合わない。

「お前は、聡いな」

「……ぜんぶ、奴隷仲間からの、受け売り……」

　ぜんぶ、賢いランズからの受け売りだ。でも、見ていれば分かること。この人は王兄なのになんでいつもこんなに忙しいんだろう……そう思って考えれば、分かること。

　あぁ、でも、すこし口が過ぎた。下手を打つと目をつけられる。

　ランズにも「時々、お前はずばっと核心を突くことがあるから気をつけろよ」と言われたのに……。つい、むきになってしまった。

「シツァ、手を握るな。指が歪んだまま接いでしまう」

「……だって」

　これが熱を入れらずにいられようか。イェセカの心中を想って、悔しく思わずにいられようか。シツァは、イェセカの足手まといになったのだ。迷惑になったのだ。弱みであり、邪魔な存在になってしまったのだ。

「今年は俺ひとりで済むなら、とっととくれてやればいい」

「いやだ」

「どうにもなんないことで駄々捏ねんなよ」

「……だって、お前は……俺のこと、褒めてくれたから」

「これからは、チエ様がめいっぱい褒めてくれる」

「お前が褒めてくれなきゃ意味がない」

お前が見てくれて、お前が認めてくれて、お前が褒めてくれなきゃ、意味がない。

一番最初に俺のことをちゃんと見てくれた人が傍にいてくれなきゃ、いやだ。

「甘えただ」

「お前だけなんだ」

「大丈夫。健康で、元気で、丈夫な奴は世のなかにいっぱいいる」

「でも、お前は、この世にひとりしかいない」

「そっか……」

「……食べるのも、着るのも、寝るのも、笑うのも、喋るのも……、生きるも死ぬるも、ぜんぶ把握したいと思ったのは、お前だけなんだ……」

「そんなに想ってたのか……」

人の考えっていうのは、分からないもんだなぁ……。

でも、どれだけ想ってくれても、執着してくれても、アンタの願いは……。

「皇帝の願いは断れないだろ」

「……っ」

イェセカは、悔しそうな顔をする。

あぁ、可哀想に。この人は、いつも、そうやって、自分の大事なものを取り上げられてきたのだろう。都で生まれ育ったのに、弟の即位の邪魔になるからと故郷を追い出され、この辺境の地に隔離されて、親類縁者との繋がりも遮断されて、異民族との戦争ばかりさせられて、これまでの努力もなかったことにされて……。

いっぱいいっぱい頑張っても、どれだけ頑張っても……ぜんぶ、認められなくて。

褒められることは一度もなくて。

こんなに頑張ってるのに。

こんなに、こんなに、たくさんのものを大事にしようとしているのに。

「……ごめんな」

イェセカを抱きしめた。

どうにもしてあげられなくて、何もしてあげられなくて、でも、こんなにも一所懸命で可哀想な男をただただ抱きしめてあげたくて、慰めてあげたくて、これまで、この男にひどいことをしてきた全ての人間や物事の代わりに謝ってあげたくて。

想いに応えてあげられなくて。

抱きしめた。

「……っ、シツァ」

「うん、ごめんな」

ごめん、諦めよう。これぱっかりは、どうしようもないから。

俺は、アンタの重荷にはなりたくないし、裏切りたくもないから。

これで、ちょうどよかったんだ。

「お前は、それでいいのか」

「俺は、諦められるよ」

春の別れが、夏の終わりの別れになっただけ。

ちょっと早いけど、仕方ない。

「お前はなんで、いつも……っ」

そうして物分かりが良くて、どうでもいいと投げ捨てて、何もかもを諦めるんだ。イェセカはそう言うけれど、どうでもいいとシツァが投げ捨てたのはイェセカ以外のこと。

でも、シツァはそれを言葉にしない。

言葉にして、感情に素直に生きて、イェセカを殺したくないから。

いつも通りのこれで、ちょうどいい。

「……なぁ、イェセカ……財産に執着するな」

奴隷に、執着を見せるな。それは妄執で、アンタを滅ぼす。

どれだけいやだいやだとほざいても、決して諦めはつくもんじゃない。

執着は、人を狂わせる。

＊

さっきまで、これできれいに終われる……と、そう思っていたのに、もういまはイェセカに組み敷かれ、巻かれたはずの包帯も解けるほど暴れて抗う自分がいる。腫れた指から指輪を抜くこともできず、縋りつくものを探すだけで激痛を生む。

尾長鳥が、鳥籠《とりかご》で啼《な》いている。

西洋箪笥のふちに両腕で縋りつき、顔を俯ける。足首に、褲子《ズボン》と下着が溜まっているのが見えた。そこへ、ぽたぽた、ぼたぼた、イェセカの出した精液が滴り落ちる。

シツァを犯すのに邪魔なのか、腰回りにたくしあげられた長裾が、ひらひら、ひらひら、金魚の尾ひれのように中空で舞い揺れる。

事の始まりは、シツァのこの琥珀色をした服に、他人の気配があったこと。

「シツァ、お前……肩に何か……」

「……？」

抱きしめ合った二人の悲しみを裂いたのは、赤茶けた一本の髪。

「これは誰のものだ……？」

こんな場所に、こんなふうにつくなんて、よほど接しない限り難しい。

「さぁ、いつだろう」

それがランズのものだと一見して分かったが、罪悪感が先行して、シツァは咄嗟に言い繕えなかった。

「ユンエは黒髪だ。ファリもな。お前と仲の良かった者は、黒か茶の髪ばかりだ。そのなかで一番の赤毛はイーシン。お前、イーシンとは前の部屋で寝台が隣だったな？　イーシンか？　……いや、それとも、街なかで誰か……あぁ、でも、ここ数日はお前を部屋から出さなかったから、やっぱり宮中の誰か……。この城で、赤茶けた髪の持ち主なんて少ない。長くとも、ここまでの者はいない。……なら、誰だ？　都から来た男か？」

「……気持ち悪い。アンタ、俺の友人関係や寝台の位置まで把握してんのか」

「お前の寝言の一言一句まで把握している」

「……っい、っ」

後ろ髪を引かれ、顎先を捉えられる。

「男か、女か……誰だ、答えろ、シツァ」

決して声を荒らげることはなく、シツァからの満足のいく返答を待つ。

シツァは上手な言い逃れも思いつかず、真正直に答えられるはずもない。ひとつ真実を話せば、なし崩しに全てを話すことになるのは明白で、口を噤むしかない。

じっと見つめ合った末、先に目を逸らしたシツァが、「どれだけ待っても無駄だ」と逃げの言葉を発した途端、イェセカは諦めた。

そこから先、イェセカは、何も言葉にしなかった。責める言葉も、罵る言葉も、問い詰める言葉も捨てて、言い訳を聞くことも諦めた。

「っ、……っ、ぁ」

西洋箪笥の大理石と金のふち飾りに、シツァの爪が負ける。

ぱちんと跳ねて、生爪が剝がれそうなほど強く摑み、後ろを襲う痛みに耐える。

たぶん、これが誰の髪で、どんなことをしてこの場所に髪が残り、どんな会話をしたか……それを白状すれば、許される。たぶん、許される。そのあとに、また、そういうことをした罰だと折檻はされるだろうけれど、いまのこの激痛から解放されるならば……と、ほんの一瞬だけ心が揺らぎ、次の瞬間、ランズの顔が浮かんで、その気も萎えた。

「お前、いま、他の男のことを考えただろう」

「……っ」

「後ろがゆるんだ」

その男のことを想うと、身も心もゆるむような、そんな男なんだろう？

「ち、が……っ、ぁ、あっ」

腹の底を、抉られる。四肢を揺さぶられ、その動きに棚上《たなうえ》の書籍が斜めに崩れ落ちる。足先に本の落ちる衝撃と、ぱらぱらと頁《ページ》のめくれる風圧がふわりとそよぐ。

踵が、浮く。イェセカの腰の位置まで腰を持ち上げられ、上から下へずるりと肉茎を突きこまれる。その質量分だけ、薄い会陰《えいん》が盛りあがり、ずぶりと太い根元を咥えこんだ瞬間、結合部に亀裂が走り、血管の透けた会陰に鮮血が伝う。

慣れるまで、時間がかかるのだ。イェセカのそれに躰が馴染むまで、躰が思い出すまで、時間がかかるのだ。けれども、慣れた頃には、「もういらない、もう欲しくない」そう泣き言をほざくほど与えられて、溺れそうになっているのだ。

「思い出したか？」

「……ン、ぁ」

下腹の奥から、あの時の熱が蘇《よみがえ》る。躰の内側がきゅうと切なくなり、それに触発されて陰嚢がせり上がり、射精欲求が高まる。いまにも溢れそうな精液は、根元の金環に押し留められ、逆流し、ひどい痛みを生み出す。

「……ひっ、ぐ」

堪えきれず、ずるずると膝から崩れた。

イェセカの腕は、そんなシツァを助け起こしはせず、落ちるなら落ちろと言わんばかりに後ろ頭を押さえつけ、床に這い蹲らせ、……そうして、また犯す。

「向こうへ行ったら、噛まれることを覚えておけ」

「……ぃ、ぐっ」

首筋に、がぶりと歯を立てられる。

「けれども、きっと、ここには誰も触れない」

腰骨の上の、のたうつ刺青を、爪先で辿る。

「ぁ、っ……ンぁ、あっ」

「答えるか？」

「……っ」

何気ない会話のなかに、あの髪の持ち主を探し当てる質問を織り交ぜてくる。

唇を噛むシツァの強情がイェセカの何を喜ばせるのか、腹のなかでいっそう硬度を増し、肉を割り開く。奥の奥、自分でも知らない場所で、イェセカの形を思い知らされる。

「他の男を咥えこんだというわけではなさそうだ」

「……っ」

「そんなことをしてみろ、死んでやる」

殺して、死んでやるから。

「……っん、ふ……ふふ」

笑ってしまった。

こんな時でも、この男が可愛くて、笑ってしまった。

どれだけ手ひどく犯されても、射精もできない陰茎を扱かれても、陰嚢が千切れそうなほど引っ張られても、乳首を嚙み切られそうなほど齧られても、腰が抜けてもう何をされているか分からなくても、それでも、この男は、可愛い。

大事なものを取り上げられて、可哀想。

大事なものに男の影がちらついただけで狼狽えて、可愛い。

可哀想で、可愛い人。

俺のことでこんなふうになって、こんなに取り乱して。

たかだか奴隷一匹にこんなに溺れて、ご執心。

必死な顔して、奴隷を組み敷いて、腰振って、汗みずくになって、相手の男を白状させようと躍起になって、俺が喘ぐだけで一物を大きくして、際限なくこの穴に射精を繰り返して、何度も、何度も、この躰に身を埋めて、時々、気持ち良さそうな声を漏らして、それこそ、本当に、本当に、気持ち良さそうな顔をして、俺のことを見つめ、焦がれてる。

「おいで、イェセカ」

そうしてシツァが両手を広げると、この男は絶対に拒まない。

素直に懐へ落ちてくるイェセカの、その心臓が押し潰れそうなほど抱きしめてやる。

折れた指が痛むのも忘れて、強く、強く。

イェセカはそれ以上の力で、背骨が軋んで息ができないほど抱きしめ返してくる。

「頼むから……っ、お前だけは……っ」

「……うん」

「お前だけは、……っ」

奪《と》られたくないんだ。

「…………うん」

そうだね、俺みたいに健康で丈夫な奴隷はなかなかいないから。

「殺してやる」

これは俺のものだ。

この生き物の、生かすも、殺すも、すべて。

だから、それができないなら……、奪られるくらいなら……殺してやる。

「っ、ぁ……ははっ」

そうきたか。

イェセカの大きな手が、喉元にかかる。あんまりにも嬉しそうな顔でイェセカがそうするものだから、シツァもなんだか嬉しくなって声をあげて笑った。

人生で初めて、声をあげて、腹の底から笑ったと思う。

これがまた、上手に首を絞めるのだ。

まず、周囲の音が遠くなり、衣擦《きぬず》れや息遣いが聴こえなくなり、イェセカの声だけは聞こえるけれど何を言っているのかは分からなくて、体温が感じられなくなって、耳腔《じくう》や目の奥は焼けるほど熱く、頭の芯はふわふわとして目の前に靄《もや》がかかり、でも、イェセカがずっと何かをシツァに言い聞かせていて、それが果てしなく心地良い。

そうして、首を絞められながら胎内で男を感じ、ずるりずるりと肉を擦り上げられると、種付けを待つ女のように、ずくんと胎が疼いて、たまらなく切ない。

「……っ、ぉ」

もっと……、そうねだらずにはいられない。

なのに、イェセカは意地悪をして、すぐにはくれなくて、シツァが焦《じ》れて、焦がれて、なりふりかまわず乱れて、「ちょうだい」と縋るまでは与えてくれないのだ。

「殺す前に潰れるな」

「っ、……っ、ひ、……」

恐ろしくて、膀胱《ぼうこう》もゆるむ。

それがひどく、心地良い。

にちゃにちゃ、ぐちゅり。くぽ、ぐぽ……。空気を孕んだはしたない音が、ひっきりなしに溢れる。立派な陰茎を咥えこんだせいで、シツァの骨盤は歪《いびつ》に開いたまま、自分ではもう足を閉じることさえできない。

ずっと同じ体勢を強いられ、股関節が固まって、小刻みにがくがくと震える。そこへ男が出入りするたび、頰がゆるみ、涎が垂れ落ち、どこもかしこもゆるみ、持ち上げられた足先が揺れ、ぴんと張り、痙攣を迎える。

「ぁ、ぇ……あっ、ぉ」

待って、まだ、だめ。いま、後ろが、おかしい。

アンタの入ってるところが、こわい。

こわいくらい、気持ちいい。

さっきからずっと気持ちいいのに、気持ちいいのが、終わらない。

「ぁ……っ、ぁ、あっぉ、おぁ、……ぁー……っ」

声が波打つ。

それと連動して、躰にも同じような波が襲っては引き、引いては襲い、時に、長引いたまま引いてくれなくて、息もできずに仰《の》け反り、喉を引き攣らせて喘ぎ、助けてと叫ぶ声も言葉にはならず、イェセカに唇を吸われる。

あとは永遠とそれの繰り返し。

溢れて、溺れて、もういらない。

でも、溢れて、溺れて、もう殺して欲しいと思うまで、与えられた。

【3】


二君に仕えること能《あた》わず。

あんなに良くしてもらったのに、シツァは、皇帝陛下のお召しがあるとそそくさと殿下に見切りをつけた。毎年のように大勢の優秀な人材が皇帝のお召しで取り上げられ、誰《だれ》しもがあるじのお傍《そば》を離れて都へ行くことに涙を流し、断腸の思いで覇州を去るというのに、シツァときたら、都上がりを得意気になって吹聴し、ここぞとばかりに誇らしげ。

「そんな奴には見えなかったのに……」

「貞操観念が低いのよ。あの子、照族じゃないもの」

「異国の血が混じった薄情な子、人でなしの狼《おおかみ》の子」

シツァが都行きを口にすればするほど、周りは恩知らずだと非難する。

「でも、仕えるなら、うだつのあがらない王の兄よりも、より良いほうがいい」

シツァは開き直った態度で、後ろ脚で砂をかける。

悪者になるなら、とことん悪者になったほうがいい。イェセカとはとても仲が悪いように見せかけて、憎み合ってさえいるような態度をとって、未練なんて何ひとつ持ち合わせていない薄情な生き物になったほうがいい。

それが、シツァにできる、ただひとつの贖罪《しょくざい》だ。

「……きれいな服をありがとう」

汚くて、泥と血にまみれて、きらきらしたことの何もない人生だったけれども、きれいな思い出がひとつできた。

春の花をきれいだと思ったことも、夏の空を美しいと思ったことも、秋の夜長に憂いを見い出したことも、冬に人恋しさを感じたこともない人生だったけれど、たぶん、きっと、死ぬ時に思い出すのは、アンタからもらったたくさんの宝物だと思う。

伝えたいことはたくさんあったけど、俺は、自分の感情を素直に喋《しゃべ》れるほうじゃないし、そういう時に使う言葉も知らないし、何も言えなくて困って笑うしかできないけど、アンタは、ちゃんと甘えられる人を見つけるといいよ。

アンタを大事に大事にしてくれる人。

アンタのことを甘やかしてくれる人。

そういう人を見つけて、幸せにね。

「……ごめんな」

俺じゃ、それはできないから。

ごめんな。

宝物の詰まった行李《こうり》の蓋《ふた》を、閉じた。

「お前にもう肩を揉《も》んでもらえないのは、さみしいですね」

「チエ様の肩を潰《つぶ》す前に去ることになってよかったです」

「……首府はここよりも南ですが、それでも、冬には雪が積もりますし、川面《かわも》や水場には氷が張ります。風も冷たく、乾燥して、喉《のど》を痛めますから甘い茶をよく飲みなさい。お前はすぐに衣食住を蔑《ないがし》ろにしますから。……なにより、ここよりもその見目は奇異に映ります。洋人《ヤンレン》でもないお前のような者が都へ行くと、色眼鏡《いろめがね》で見る者が大半です。さぞ生きづらいかと思いますが、決して、みだりに思い余り……」

「チエ様、大丈夫です」

「リウ公公《ゴンゴン》や、彼の下につく者にはお気をつけなさい。お前のように後ろ盾のない者は、あっという間に犬の餌《えさ》にされてしまいます」

言葉の綾《あや》ではなく、本当に、犬の餌にされてしまうから。

貴妃ですら井戸に身を投げて死ぬよう命じられる場所なのですから。

「……チエ様、もう時間ですから……」

まだ何か言いたげなチエを宥《なだ》め賺《すか》して、部屋を出る。

「置いて行くのですか」

「はい」

イェセカから与えられたものは、すべて置いて行く。何ひとつとして、持ってはいかない。イェセカと関係のある品はすべて、絶対に。

この関係は、ここで終わる。

ここで、絶えさせなければ、いけない。

もう二度と、絶対に、二人に繋《つな》がりがあってはいけない。

この、首の痣《あざ》が消える頃には、忘れられるように。

リウの用意した服を着て、リウの用意した靴を履いて、リウの命令した通りに動いて、皇帝が帰都するのに随行する。

トゥイシは、兄からもらい受けたシツァを歓迎したが、首府へ至ると、リウによって遠ざけられた。シツァは、常にトゥイシの傍にいられるはずもなく、与えられるのは、奴隷として当然の仕事。襤褸《ぼろ》切れを纏《まと》い、爪《つめ》のなかまで塵垢《じんこう》にまみれ、野菜の根の浮いた水粥《みずがゆ》を啜《すす》り、朝から晩まで、働きづくめ。

痩《や》せ細った奴隷たちに交じって、シツァも同じようになるまで働いて、働いて、働いて、そのうちの何十人か何百人かは、冬を越せずに、死ぬ。

イェセカのもとから来たシツァは、リウ一派の宦官《かんがん》からの覚えが悪い。イェセカの所有物であったというだけで無理を強いられ、日に日に扱いはぞんざいになる。

「……憎らし、すべすべとした美しい真珠の肌」

「宝石の瞳《ひとみ》、金糸の混じる髪、細い顎先《あごさき》、たおやかな首筋、きゅっと締まった足首」

疲れ果てて眠る夜半には、宦官どもが、シッァの躰《からだ》に群がる。

陽根こそ切り落とした身ではあれど、性欲が完全に失せることはなく、かといって発散するだけの機能もない。代わりに、彼らは、手近な女官や宦官同士で淫行に耽《ふけ》り、気まぐれや腹いせで見目の良い奴隷を寝所へ引きずりこんでは玩具《おもちゃ》にする。

男性器を象《かたど》った杭《くい》でシッァの穴を弄《もてあそ》び、血みどろになるまでいじめる。自分たちにはない男性器をやわらかな手で弄《いじ》り倒し、尿道が爛《ただ》れるほど執拗《しつよう》に指で撫《な》で擦《こす》り、陰嚢《いんのう》の重みに頬《ほお》ずりをして噛《か》みつき、その根元を縛《いまし》める金環を揶揄《やゆ》して、「お前もわたくしたちと同じではないか」とシッァを嗤《わら》い、それでも「あぁ、太《ふと》ぅて、固《かと》ぉて、羨《うらや》ましい」と噛み切らんばかりに歯を立てる。

果てることのできぬ彼らは、その焦燥を、相手を噛むことによって発散する。同時に、己が男であることを忘れたくないと思う心も働くのか、その男根を模した器具で相手を責め立てる。何人もの、時には何十人もの、他人の淫液が染みて色の変わった木の杭で串刺《くしざ》すことに執心し、特に、美しいものへの妬《ねた》み嫉《そね》みは果てしない。

シッァは、日増しに噛み痕《あと》が増える躰を差し出し続けた。それで得られる食べ物もあったし、ランズの役に立てることもあったから、できることは、なんでもした。

鞭《むち》を打たれながら、歪《いびつ》に変形した股間《こかん》を舐《な》めもした。浄心の術後の経過が悪く、尿を漏らしやすい宦官のそれを、この薄い舌一枚で清めもした。髪を摑《つか》まれ、石床に引きずり倒され、犬のように交尾をしろと言われれば、同じような見知らぬ奴隷ともそうした。

でも、最初がイェセカだったお蔭《かげ》で、血が流れても恐ろしさはなかった。

「お前は随分とこちらがゆるいこと」

宦官は、シツァの血みどろの穴を覗《のぞ》きこみ、くちゃくちゃと肉を捏《こ》ね突くように甚振《いたぶ》ったけれど、当のシツァは、「まぁ、イェセカのアレに比べたら粗末なもんか」と呑気《のんき》に思う程度の余裕はあった。

それに、イェセカの言う通り、宦官は嚙みつきこそすれども、まるで忌むべき悪神を避けるように、シツァの刺青《いれずみ》にだけは決して触れなかった。

それに、これが普通の状態で、元に戻ったと頭を切り替えれば、何も苦しいことはない。

あの人が、特別優しかっただけ。

首府にいて、何も悪いことだけじゃない。

ランズが近くにいる。仲間も増えた。ここでやることは、覇州でやっていたことと同じ。

奴隷たちと親しくなり、彼らの信頼を得て、仲間に引き入れ、苦楽を共にして、なけなしの食糧を分け合いながら、長い冬の始まりに備え、春を待たずに去るだけ。

「晳《シー》、……我的晳《俺のシー》……？」

「……っ！　……あぁ、ランズか」

「大丈夫か？」

「悪い。……ちょっと、ぼんやりしてた」

「ぼんやりって……お前がそんな珍しい……。お前、こっち来てから……」

「ホン老は……？」

自分のことを尋ねられるのは苦手で、シツァは誤魔化《ごまか》す。

こういう時、イェセカなら、シツァが訊《き》かれたくないことまでずけずけ訊いてきて、シツァが答えないと答えさせるまで踏みこんできた。その点、ランズはいい。何も言わずとも、何も応《こた》えずとも、穏やかでいられる。お互いのことで不安にならずに済む。

イェセカの傍にいるみたいな、ぞわぞわした感覚にはならない。

「ホン老なら、ツァオ公公と話をしてる最中だ」

「そっか。……じゃあ、すぐに戻らないとな」

禁城の東端。奴隷が荷運びをする運河の近くで二人は会っていた。

ランズは、寝食を世話になっているホン老の付き人として、禁城に入ってくる。

青白い顔をして、夏の終わりに見た頃よりもずっと痩せていた。咳《せ》き込むだけで背骨が折れそうで、ほとんどを寝台で過ごすような兄弟の姿に、胸が痛む。

「最近、この運河も薄氷が張り始めて寒くなってきた。……お前、元気か？　具合悪くなってないか？　わざわざ無理して俺のとこに来なくていいから、ちゃんと寝てろよ」

「俺はもう、最初からこの冬は越せないって分かってるから」

「……………そ、っか」

「ごめんな。……お前にばっかり、こんな役目させて」

ランズの手が、シッァの頰を撫でる。

狼の瞳の周囲が黒ずむほど鬱血《うっけつ》して、白目に血が走っている。長い三つ編みも、ところどころザンバラに切られ、その三つ編みに隠れたうなじや服の下、皮膚のやわらかいところに、肉の抉《えぐ》れた嚙み痕がいくつもあった。

「ランズは頭で、俺が体。それでいい。最初に決めたことだ」

「でも、いつも、お前ばっかり……っ」

折れた中指が歪に繫がって、曲がって、痛むだろうに……。

蹴《け》られて、殴られて、なけなしの食事を奪われて、その食事を得る為《ため》に宦官の足元に這《は》い蹲《つくば》って、犬の真似事《まねごと》をさせられて、股《また》から血を流すほど犯されて、その恐ろしいほどに色の変わった凶器で、吐くまで喉を突かれて、血反吐《ちへど》を吐いて……。

ホン老のもとには、そういったことも逐一報告が上がってくるけれど、それは、ホン老に抱きこまれた宦官が知らせてくれることであって、ランズはただの一度もシッァの口からそれらの事実を聞かされたことはないし、知ったとしても……助けられない。

事実を確かめてもはぐらかされ、「お前みたいな肺病持ちは、ここじゃやってけねぇよ」と誤魔化し、逆にランズを勇気づけるように「没関係《だいじょうぶ》」と笑い飛ばすのだ。

「……お前、自分のことちっとも話さないから……」

「話して聞かせるほど、変化に富んだ日常は過ごしてないなぁ」

「いやな、っ……こと、いやって……言っていいんだ」

「いやって言っても、何も始まらない」

「俺にくらいっ……、愚痴って、泣いて、怒って……っ、頼むから、怒ってくれよっ」

なんで俺だけいつもこんな役回りなんだ、どうして俺だけいつも貧乏くじなんだ。

そう叫んで、八つ当たりをして、怒ってくれ。

「泣くなよ。体力持ってかれるぞ」

「……シー……っ！」

「ちゃんと全員に役割があって、全員がそれをこなしてる。これは、俺の役目だ」

「……っ、俺が、弱いばっかりに……」

他の奴らは頭も体も使ってるのに、俺が体を使えないばっかりに。

「俺は頭が弱いから、俺とお前で一丁前だ」

「……っ、お前は、いつも、そうやって……っ、ちゃんと、ぜんぶ、自分でできるくせに、ちゃんと知恵も回せるくせに……っ、俺が、こんなだから……っ」

「でも、俺は、お前がいなくちゃ今日まで生きてこれなかったよ」

風邪《かぜ》をひいて、雪原に捨てられて、狼の餌にされそうなところを、お前が助けてくれなかったら、俺はあの時に死んでたよ。

だから、これでいいんだ。

だから、俺でよかったんだよ。

俺たちは、ちゃんと正しく生きている。

大丈夫、いつまでもこんなこわいことは続かない。血反吐を吐いて、屈辱に拳《こぶし》を握りしめて、「ころしてやる」とこの世を呪《のろ》い続ける日は、いずれ終わる。

ちゃんと終わるから、その日まで、生きよう。

＊

「朝、起きた時に、自分の経験したことのない記憶があるんだ」

そんな不思議について、近況報告がてらランズに話した。

「なんだそれ？」

「自分でも分からない。……でも、不思議なんだ」

朝、目を醒《さ》ました時に、記憶や感覚が残っているんだ。

その人は、シツァの頰を撫でる。現実ではもっとずっと近くで喋ったり笑ったりしていたのに、どうにも顔が分からない。どんな表情をしているのか思い出せないし、見えない。

そして、目を醒ます。

「あぁ、それは夢だ」

「……ゆめ」

「お前、昔っから夢は見ないって言ってたもんなぁ」

ランズは、「死ぬ前にひとつ新しい経験ができてよかったなぁ」なんて笑って、「お前の初めてを奪った奴が恨めしいから、次は、俺がお前の夢枕《ゆめまくら》に立ってやろう」と、笑いながら呟き込んでいた。

……そう、夢。

シツァは初めて夢を見た。

ランズがそう言うのだから、間違いないのだろう。

あれは、夢。

本当に、些細《ささい》な、なんてことのない、他愛《たわい》ない夢。

「お前、朝は日の出前に起きて、剣や弓の練習をするそうだな」

イエセカが、そんなふうに尋ねる。

吉佳宮《ギギャぐう》で暮らした、季節の変わり目の、ほんの刹那《せつな》の、あの頃の夢のなかで。

「粗忽者《そこつもの》の粗暴っぷりが恐ろしいと、宦官が文句を言っていたか？」

シツァは嘆息混じりに、そう答える。

「あぁ。やめさせろと言っていた……が、好きにしろ。俺が許す。それから、時々でいいから俺の相手もしろ」

「……？」

「殿下のお相手を務め、玉体《ぎょくたい》を傷つけぬ為、常日頃から鍛錬をせねばならぬのです、殿下の許しは得ております、とでも言っておけ。……ところでお前、今朝《けさ》は何を食べた？」

「……あぁもう、またそれか」

「そう、またこれだ」

今朝はどうしてその服を選んだ？　午前中は、チエが俺につきっきりでお前は手持ち無《ぶ》沙汰《さた》だっただろう？　昼まで何をしていた？　そうだ、昼は何を食った？　誰かと食事をしたのか？　それとも、どこかへ行っていたか？　お前、時々、人のいないところへ行って昼寝か何かしているだろう？　城内の人間ともうまくやっているようだが、さっき挨拶《あいさつ》を交わしていた衛兵とはいつ知り合った？　そういうのは逐一俺に報告しろと言ったはずだ。それに、さっきは何を話して笑っていた？　あれも新しい友人か？　……ということはお前、友達ができたのか？　お前が仲良くしているのは厨房《ちゅうぼう》の連中と北壁工事の連中だけだと思っていたが……まぁいい、あちこちふらふらするな。

……そうだ、それよりお前、どうしてくれてやった服を着ない？　気に入らないか？　何色が好きか、いい加減に教えろ。それで作ってやるから、それを着ろ。さて、今日は夕方から何をする？　あぁ、その前に、小吃《おやつ》は食べたか？　チエからよく饅頭《まんじゅう》をもらっているだろう？　お前は何を食っても美味《うま》そうな顔もしないし、喜びもしないから張り合いがない。……で、夜は何をしている？　俺の貸してやった本が読めるようになったら、次を貸してやるから報告しろ。

全《すべ》てを、知りたがる人。

何もかもを把握したがる人。

シツァは、夢のなかでも質問攻めのイェセカに辟易《へきえき》していた。

「だって、お前に興味があるのだから当然だ」

イェセカの言葉は、いつもシツァには理解できなかった。

他人の何がそんなに気になるのだろう。他人の何が興味深いのだろう。見た目が珍しいから、シツァの考え方も物珍しいのだろうか。イェセカはいつまでも飽きもせず、凝りもせず、宝箱を覗きこむようにして、シツァの心のなかをぐちゃぐちゃに掻《か》き回す。

「お前は時々遠くを見つめているけれど、そういう時、何を考えているのだろうな」

シツァ自身が考えもしないシツァの内面を、なぜ、イェセカが考えるのだろう。

へんなひと。おもしろいひと。そう思っていた。

でも、いまになって思う。

生まれて初めて夢を見て、想う。

シツァはそうして問われることも、内面に踏みこまれることも鬱陶《うっとう》しいと思っていた。

気持ち悪いと逃げて、イェセカとの会話や関係を大事にしなかった。

すぐに終わる関係だからと諦《あきら》めて、大事にしなかった。

だから、いまにして思う。

すぐに終わる短い幸せだからこそ、大事にすべきだった。

大事に、大事に、ちゃんと味わって、ちゃんと大事にするべきだった。

すぐに終わる、ほんの一瞬の、たった一度きりの台風みたいにめまぐるしい記憶と経験。

たった二十年ちょっとで終わる、この短い一生の、最初で最期の……。

最初で最期なのだから、もっと、ちゃんと、たくさん考えて、たくさん言葉にして、たくさん、たくさん、答えてあげればよかった。

シツァが自分のことを何も語らないから、どんどんイェセカは重くなって、なんでもかんでも把握したくて、ただただ知りたくて、教えてくれないことが不安で、応えが返ってこないことが悲しくて、さみしくて、だからたくさんのことを尋ねて、でもやっぱり答えが返ってこないからまたたくさんの質問を投げかけて……。

一方通行にさせてしまった。

シツァも、イェセカと同じ分か、それ以上に、尋ねてあげればよかった。

なのに、シツァが何か尋ねる前にイェセカは自分から自分のことをぜんぶ喋ってくれたから、シツァはそれに甘えて「もう聞きたくない、アンタの言葉はうるさい、鬱陶しい、静かにしてくれ」と逃げてしまった。

だって、イェセカの言葉は上っ面ばっかりに聞こえて、本心が見えなくて、怖かった。知りたくもないことを強引に教えこまれているみたいで、どんどんイェセカのことに詳しくなる自分が不思議で、饅頭ひとつ食べてるだけで「……そういえば、イェセカは斗六豆《とうろくまめ》や芥子《けし》の実の饅頭が好きだっけ」と思い出したり、薄墨を見るだけで、イェセカはもうすこし濃い墨が好きだと思ったり、シツァは風呂《ふろ》が嫌いだけど、イェセカは風呂が好きで、でも、あの長い髪を誰に洗わせているんだろう……と、ふと思ってみたり……とにかく、そうして、シツァの人生の一部みたいにイェセカが居座るのがいやで、落ち着かなくて、逃げた。

シツァの世界がイェセカで埋め尽くされるみたいで、恐ろしかった。

ある日、夢のなかで、シツァは素直にイェセカの質問に答えた日があった。

いつものように朝に何を食べたか問われて、それに真正直に答えて、逆にイェセカへ「アンタは何を食った？　いまは、何をしてる？」と、初めて自分から問いかけ……。

夢のなかのイェセカは、困った顔をして、何も応えてくれなかった。

シツァは、絶望を見た。

恐ろしい夢を、見た。

恐ろしさに震えて目を醒まし、ひゅうと秋風が吹きつける寝床で丸まり、心臓がとくとくと早鐘を打つのを感じながら、冴《さ》えた狼の眼を見開いた。

けれども、疲れた躰は気を失うように再び眠りへ落ち、その、ひどい夢の続きは、シツァに追い討ちをかけんばかりに、イェセカの虚幻《まぼろし》を見せる。

その夢で、イェセカは、「迎えに来た」とシツァを抱きしめる。

シツァは「気持ち悪い、こわい、いやだ」と言うけれど、悲しいかな、夢のなかの自分には嘘《うそ》がつけない。

うれしい、うれしい、うれしい。

そうして、泣いているのだ。

元気にしていてくれて嬉《うれ》しい。逢《あ》えて嬉しい。声が聴けて嬉しい。

逢いたかった。

俺、アンタのくれたたくさんの気持ちに、ひとつずつちゃんと答えたいんだ。それに、訊きたいこともたくさんあるんだ。

アンタがいま誰かにちゃんと褒めてもらえてるか訊きたいんだ。

でも、そういう時に限って、夢のなかの自分は思う通りに動いてくれない。

起きている時よりもっと言葉が出てこなくて、何も答えられなくて、何も訊けなくて、何も言えなくて、歯痒《はがゆ》くて、気ばかりが焦って、悔しくて、でも、逢えて嬉しい。

ただひたすらに、嬉しくて、嬉しくて、イェセカを抱きしめられることが嬉しくて、自分でも戸惑ってしまうくらい情動が溢《あふ》れて、際限がない。

これまでの人生は夢を見るほど心の余裕もなく、夢を見ていたとしても忘れてしまうような日々だったのに、己の深層心理というやつは、ひどくむごい夢を見せる。

恐ろしいほどに己の願望に忠実な夢を見せるのだ。

あぁ、これは俺の欲が見せた夢だ……と、夢のなかで自分自身も理解しているような夢を見せるのだ。

「……っ、イェセ、カ……」

夢のなかで呼んでいた名を、現実の己が呼ぶ声で目を醒ます。

逢えて嬉しい。ただ、それだけで嬉しい。

目を醒ましてすこしの間は、夢と現実の世界を交互に行き来して、未《いま》だその幸せに微睡《まどろ》む。徐々に現実の世界が脳の割合を占めるようになると、あの、不思議と嬉しい感覚が偽物《にせもの》のように思えて、自分の手に自分で触れて、その左手の中指に嵌《は》められた指輪を確かめ、「返し忘れた……」なんてことを思い、眺め、唇を寄せる。

昼間の自分じゃ到底しないようなことも、寝惚《ねぼ》けている時なら、できる。

「……へんなの」

声に出し、かすれ気味の声で笑って、現実を思い知る。

夢って、変なの。

朝起きて、実際に経験したわけでもないことなのに……まるで、本当のことのよう。

変なの。

ちっとも悲しくないのに、泣きながら目が醒めるのだ。

はらはら、はらはらと。

知らない男に組み敷かれ、殴られ、弄ばれた夜の朝でも、そんなふうに泣いて目を醒ますのだ。

泣いて、目を醒まして、それでも、逢えて嬉しかったあの夢のなかの己の感情を心の奥底に抱きしめて、「あえてうれしい、うれしかった、……逢えた」と喜ぶのだ。

顔を覆い、手指を噛み、泣きながら笑うのだ。

逢いたい、と。

あいたい、あいたい、あいたい。逢いたい気持ちだけが、シツァのなかで大きく膨らんで、ひとり歩きをして、溢れて、溺《おぼ》れて、シツァを殺そうとする。

そしてもう逢えないと分かっているから、泣く。

ひとりになる場所のないシツァは、その情動を大声で発露する場もなく、腹の底で殺す。

ひとしきり声もなく泣いて、どうしようもないと笑い、ようやく諦めを捜す。

逢いたい。

声を、掌《てのひら》を、頬を、髪を、唇を、熱を……。

「……イェセカ」

名を、呼ぶ。

唇がその名を象るのを、やめられない。

「……あぁ、名前の意味、訊くのを忘れた」

もう、二度と訊けないのに……。

もう、二度と逢えないのに。

初めて、人を恋しく想う気持ちを、知るのだ。

＊

「近々、覇州公《ばしゅうこう》が登城するらしい」

秋から冬へ変わる頃、ランズからそんな報《しら》せが入った。

トゥイシの召喚に呼応する形で、イェセカがシツァのいる首府真京へ来るというのだ。

一度だけ見た夢をよすがにして、あの夢のなかで溢れた感情だけを心の頼りにして、今日まで耐えてきたのに……。忘れられるかもしれないと淡い希望を抱いた頃に、あの男はシツァの前に姿を現す。

違う。そうじゃない。弟に呼び出されたから、こちらへ来るだけだ。シツァの為に来るんじゃない。そう言い聞かせる。なのに、どうしてもそれが上手くいかないのは、時々、シツァに手紙が届くからだ。

シツァは、チエやイェセカのお陰で文字が読めるようになった。

そのチエから手紙が届くたびに、吉佳宮で得た幸いを思い出しては、「もしかしたら……」と未練にとり憑《つ》かれてしまうのだ。

けれども、イェセカからの便りは一度もなかった。だから、それが現実だ。この関係は、その程度の関係なのだ。夢のように甘くない。幸せじゃない。深い関係じゃない。

それを望み選んだのはシツァだ。

だから、シツァは、チエに返事を書かなかったし、チエからの手紙は中身も読まずに焼いて捨てたし、イェセカにも自分から手紙を送るなんていう愚かは、ついぞ実行しなかったし、「あぁよかった、アイツから手紙なんてこないほうがいい。万が一にも、自分とまだ関係があると思われたら、それこそ具合が悪い」と胸を撫で下ろしさえした。

もう二度と会うこともない人だ。

真京へ来たとしても、奴隷と皇族では顔を合わせることもないだろう。

ただ、いまは時期が悪かった。なにもこんな時に来ずともいいのに……そう思わずにはいられなかった。あのことを報せようか、報せまいか……。それが無理なら、「いまは来るな」と、それだけは伝えたいけれど、伝えられない。

あの男は、覇州で異民族に睨《にら》みをきかせながら冬を越して、春を迎えて、……シツァとはまったくかかわりのないところで生きていかねばならないのだ。

せめて、これが終わるまでは……、せめて、あとすこし、なのになぜ、どうして……。

あとほんの数日、真京へ来るのを遅らせてくれなかったのか。

なんで、どうして……思い通りにならないのか。

なぜ、あの人は、俺の思い通りにならないことばかりするのか。

「………なんで」

シツァは拳を握りしめ、立ち尽くす。

宮城の奥深く、シツァはおろか高級官吏でも足を踏み入れられないような、場所。

ここは、皇帝の妃たちと子女が暮らす場所。

それも、昨年の秋口に亡くなった太皇太后《たいこうたいごう》が住まい暮らした西六宮のひとつ、長春宮。

こんな大切な時期に、宮城の奥深くまでシツァが呼び寄せられる理由はひとつ。

あのことが、どこかで嗅《か》ぎつけられ、どこかで露見した。

もしそうなのだとしたら、ランズは逃げられたのか、他の仲間はどうなったのか、ホン老はどうしたのか……それだけが気がかりで、そんな不安を助長するように、ここはしんと鎮まり返り、目につく場所には近衛兵の影もない。

「……なんで、アンタは……っ」

なぜ、この男は、いつもシツァの考えとは裏腹なのか。

「俺が俺の財産の無事を確認するのに、なんの問題がある?」

夢じゃない現実のイェセカは、いつも意地悪。

ここぞという時に、シツァの気持ちなんてこれっぽっちも考えず、姿を現す。

「殿下、それではどうぞごゆるりと」

一度だけ顔を見たことのある宦官が、イェセカに平伏して部屋を辞す。

通りすがりざまに顔を確認して、それが、ツァオ公公と呼ばれていた太監《たいかん》だと確信する。

「……なんでアンタが、トゥイシの宦官とよろしくやってんだ」

「久しぶりの邂逅《かいこう》にその言い草……なぁ、チエ、ひどいと思わないか?」

「ひどいのはシツァの口ぶりではなく、あの憔悴《しょうすい》っぷりでございますよ。……どうぞ、
ご主人様が、ようよういとうてやってくださいませ。わたくしは、ツァオ公公と旧交を温
めますゆえ」

チエは可哀想《かわいそう》なものを見る目でシツァを見つめたかと思うと視線を外し、ツァオの後を
追うようにして、退出した。

「お前、いっそうみすぼらしいな」

イェセカは呆《あき》れ果てたように嘆息し、脚を組み替えた。

目の前に立ち尽くすのは、痩せた奴隷だ。

昼間はすこしゆるめられた手枷足枷《てかせあしかせ》のまま重労働で酷使され、夜間はきついそれで完全に行動を制限され、川面に薄氷が張るような時節に襤褸布一枚を纏《まと》っただけ。見える場所に殴打痕があっても、誰もそれを気にかけないいし、労《いたわ》りもしない。

「話には聞いていたが、ひどい有様だ」

チエとツァオは、宦官としてほぼ同時期に宮中へ入った。その後、チエはイェセカの宦官となり、ツァオは生前の太皇太后の宦官となり、その後、トゥイシの宦官となった。

そのツァオからチエへ宛てた手紙には、真京の様子からシツァのことまで、仔細《しさい》漏らさず書き記してあった。チエがイェセカの為に、「シツァのことを時々でいいから教えてくれ、あの子からは返事がこないから」と書いて寄越した結果だ。

「シツァ、おいで」

「……っ、おれ、は……もう、アンタのものじゃない」

「それで？」

「何しに来た」

「お前がねだっていた物をくれてやりにきた」

イェセカの左手に、拳銃が一丁ある。

早く取りにこいと鉛色の瞳で強いられ、シツァはイェセカの傍へ歩み寄る。

早く手に入れて、早く自由になって、早くこの部屋から出ていきたい。この人は、俺を迎えに来たんじゃない。あのことを嗅ぎつけたわけでもない。それでいいはずなのに、それでは悲しい気がするのは、自分が色に溺れているからだ。そう強く己に言い聞かせ、この唇が甘ったれたことを喋り出す前に、ここを去らなくてはならない。

膝《ひざ》を開いて座るイェセカが、その両手で拳銃を握るから、シツァはそれを受け取るように絨毯《じゅうたん》敷きの床に両膝をつき「はやく」と急《せ》かす。

「焦るな。……お前、銃の扱い方なんて知らないだろう？」

「……っ」

細身の銃身が、シツァの肩口に押し当てられる。冷たい鉄が、青痣の浮いた鎖骨を辿《たど》り、痩せて筋張った喉元を滑り、顎先を捉《とら》える。

「徳国《ダ》製だ。去年、あの国の陸軍が正式採用した。口径は九……三寸足らずだ。装弾数は八発。薬室の分を含めばもう一発。これでもかというほど弾はくれてやるが……弾込めの練習くらいはしておけ。素人《しろうと》には扱いが面倒だ」

「あ、つかい……？」

顎先の銃が、その尖《とが》った輪郭を辿り、銃身はするりと頬を撫でる。

火照《ほて》った頬に冷ややかな硬質は心地良い。

「素手で引鉄を引くのが賢明だ。まぁ、お前は指が細く、長さも充分だから問題はないか。俺にはどうにも小さく、手が余るものでな」

「それから、なに……っ、はやく、言えよ」

「砂塵《さじん》の吹く場所では使うなよ。誤作動を起こして指を飛ばしたくなければ。……特に、真京周辺は砂漠からの砂嵐《すなあらし》が多い。放っておくな。手入れは再々にしろ」

「……っ、……ぁ、っ」

耳孔に銃身の先を押しこまれると、くすぐったさに思わず声が漏れた。

咄嗟《とっさ》に唇を噛み、顔を俯《うつむ》ける。

「これから春にかけては砂塵がひどい。机に三日も放置すればおしまいだ。部品が多くて面倒だが、きちんと分解をして、掃除をして、油を回して、ひとつの部品も余らせることなく組み立て直せ」

「ン……っ、ぁ、ぐ」

唇に銃口が触れる。歯先にカチと触れて、薄く開いたそこを抉《こ》じ開けるように捩《ね》じこまれ、上顎を銃口が捉えた恰好《かっこう》で、俯いた顔を持ち上げられる。

「逃げれば撃つ」

イェセカが先手を打つ。

「……っふ、は」

かぽ、くぽ……。情けない音をさせて、無機物にいいようにされる。けれども、イェセカの陰茎を咥《くわ》えるよりもよっぽど楽。口のなかが肉でめいっぱい埋まることはなく、鉄臭いだけ。その分、ぴりぴりと舌が痺《しび》れるような緊張に感覚が研ぎ澄まされ、粘膜のどこをどうやって嬲《なぶ》られているかをまざまざと思い知り、下腹を重くする。

「上顎が好きか？」

「……ん、っふ」

床にぺしゃんと腰を下ろし、鼻から抜けるような息遣いで、頷《うなず》く。

ごそりと粘膜をこそぎ落されるような動きが、好き。気がついたら、両手で自分の陰茎を握りしめて、ぎゅうと揉みこんでいる。顎が怠《だる》くて口許《くちもと》が疎《おろそ》かになり、ちゅぽ、くぽ、とだらしない音が漏れた。鉄の塊相手では歯も立たず、閉じることもできない顎の付け根が次第にゆるみ、陰茎を握ったままの手の甲に、ぽたぽたと涎《よだれ》が落ちる。

「お前、自慰の仕方も知らないのか」

「ぉ、っおぁ……っ」

両掌で圧迫して、石床に陰茎を押しつけて腰を揺する。

「介助が必要か？」

薄笑いで揶揄《からか》い、シツァの手の甲を踏みつける。

「……んっ……ンぉ、ぉ」

「あぁ、上手に咥えられた。……えらいね」

いま、お前が咥えこんだのは、排莢口《はいきょうこう》と引鉄だ。

この拳銃は、その二つがほぼ同じ位置にあって、排莢口は側面ではなく真上にあるから気をつけろ。細身の銃身のわりに、随分と出っ張って安定感に欠けるのが美中不足《玉にきず》だ。それこそ、お前の小さな口では口端が切れてしまうほどの大きさがあるから……。

「持て余すなよ」

「……ンぁ……っあ、っ、ぁ」

「喘《あえ》ぐな、持て余していると白状しているようなものだぞ」

「う、るせぇ……よ」

「返事だ」

「っ……！　げ、ぇ……っ」

三つ編みを引かれ、喉奥の曲がり角まで銃身を含まされる。

「返事」

「つぁ、い」

「いい子」

「……っ、ン……ぁ」

イェセカの靴底で、逐情する。

ぶるりと身震いをして、溢れる唾液《だえき》を垂れこぼす。

「尺蠖《チィフオ》、……尺取り虫なんて呼ばれているし、扱いは面倒だし、手はかかるが、使いこめば手にも馴染《なじ》むし、可愛《かわい》いもんだ」

「……っン、……え、う」

舌の上の凶器を追い出し、蜘蛛《くも》の巣のように糸を引く唾液を舌先で絡めとる。

「俺の使い古しだ。慰めにでも使え」

「…………イェセカ」

「うん？」

シツァが名前を呼ぶと、イェセカは甘く蕩《とろ》けた頬になる。

「一度だけ撃てたら、それでいい」

一度は追い出した銃身に、舌を這わせる。これは、イェセカのアレとは比べものにならないほど貧相だけど、くちさみしいのは紛らわせられる。

「九度も撃てるのに？」

「無駄弾撃たずに、一発だけちゃんと収まるところに収まればいい」

一度だけ、たったの一度だけ、ここぞという時に……、奪ってくれればいい。

「まるで俺を皮肉っているようだな」

「アンタの種は、俺の胎んなかでぜんぶ無駄弾になってるよ」

着床もせず、孕《はら》みもせず、排泄《はいせつ》物と一緒に流れておしまいだ。

ざまぁみろ。

「お前はその無駄弾さえ撃てないというのにな」

「いまは、尻《しり》に咥えるほうが好きだ」

てらりと濡《ぬ》れ光る鉄の塊を呑《の》む。

げぇ……と、えずくと、イェセカが銃身の半ばで舌の根を押さえつけ、喉を開くように
シツァの身体を操ってくれる。

「下手の横好きも大概にしろ。……お前は喉が細いから無理だ」

「っん……ぇも、ぃっひょ、に、ゃり、らぃ」

舌っ足らずに、イェセカの指まで濡れるほど拳銃にじゃれつく。

「人の言葉で話してごらん？」

シツァの頭を引き剝《は》がし、前髪を摑んで「大きな声でもう一度」と揺さぶる。

「いっしょに、なりたい」

「……今日は、えらく素直だ」

「……っ」

「何かあったな？」

「また、ぜんぶ把握するのか……？」

「そうだよ。……お前のぜんぶ、把握するんだ」

「……あぁ、うん……それもいいな」

イェセカの手に、頬を押し当てる。瞼を落として、その大きな掌に頭を乗せる。

左の手にある拳銃が邪魔で、ごりごりと額に当たって痛い。

狼が懐いた、とイェセカは喜ぶけれど、その表情は喜んでいない。宝物を見つけた子供みたいな顔をしていない。この男は、たぶん、ちゃんと、分かってる。シツァのことをよく見てきた男だから、いつもと違うシツァの変化に、気づいている。

「なんだろうな……今日のお前は、人を殺した日のようだ」

北に広がる原野で、馬を駆り、剣や弓や槍《やり》で人を殺したあの日のようだ。

イェセカのもとにいた時よりもずっとやつれて弱っているように見えて、どこか血気逸《はや》るような、精気が漲《みなぎ》っているような、あやふやさが漂う。

「……シツァ、お前……」

「初めて、夢を見た」

言葉をかぶせて、イェセカに、シツァの言葉を優先させる。

シツァを優先して、大事にしてくれるイェセカの気持ちを利用する。

「アンタの夢を見たんだ」

「……それで？」

「やっぱり本物のほうがいいな」

「…………」

「本物の、アンタのほうがいい」

最期だと思ったら、素直にもなれる。

素直になれる機会なんて、もう二度とないと思っていたから。

夢よりも、本物のほうがちゃんと輪郭もしっかりして、表情もあって、たくさん動いて、匂《にお》いもして、体温もあって、生きてて、笑ってくれて、可愛くて……愛《いと》しい。

愛しい愛しい生き物と、溢れて溺れるほど肌を合わせたい。

その願いが叶《かな》うのだから、一生に一度くらい素直になるのも悪くない。

＊

シツァの背を見たイェセカは、叱《しか》りもしなければ、怒りもしなかった。

ただ、執着はした。

「これは誰にやられた？」

獣のような恰好でシツァとまぐわいながら、指の腹で撫で、爪を立てる。

シツァの刺青の、イェセカの名を刻んだ部分だけが、焼けて潰れていた。

「宦官にっ……やられた。……アンタの弟の奴隷な、のにっ……、っ、は……アンタの、名……入っているのは……都合、悪いんだと……っ」

呼気を継ぐ合間に、シツァは準備していた言葉を答えた。

本当は、自分で潰した。自分で自分の背中は見られないから、イェセカがいつも撫でているあたりを潰した。それこそまるで、一物を切り落とした宦官が、焼けた火箸《ひばし》を股間へ差しこんで尿道を確保するように、焼けた火箸を押しつけ、保身を確保した。

「ここに弟の名を入れるのか」

「皇帝の名を入れてもらえるほど、俺は寵愛《ちょうあい》を受けてない」

「なんだお前、俺の寵愛を受けている自覚はあったのか」

「…………」

「何か言ったらどうだ?」

「うるさい」

「……我慢できてえらかったな」

爪の背で撫でるだけだった熱傷に、唇を与えた。

「っ、は……」

浅く、息を吐く。背骨の凹凸をひとつずつ確かめる唇に焦《じ》れったさを覚え、身を捩《よじ》る。

「俺の財に褒美をやろう。……前……何かねだってみせろ」

「……前」

「うん？」

「顔……見て、したい……」

甘ったるい会話から逃げるように、イェセカの膝へ乗せろとねだる。

「あれだけ気持ちが悪いと文句を言っていたくせに」

呆れ声ではあっても、イェセカはその願いを聞き届けた。

「っん、ぁ……あっ」

濡れもしない穴でずぶずぶと陰茎を呑み、イェセカの胴周りに脚を絡めて抱きこむ。

久しぶりの男の感触に身を委《ゆだ》ねた。心からの安堵《あんど》を得られる交合は、イェセカとだけだ。

イェセカとする時だけは、気持ち良さに集中できる。

「……あぁ、いい子だ。……でも、肉がこなれている」

「痛……っ」

「それに、なかの形も崩れている。……お前、誰をどれだけ咥えこんだ？」

「決まった、相手はいな、ぃ……」

「不特定多数と不義密通か……」

よもや俺に叱られたくてそんなことをしたとは思ってやらんぞ。

「っひ、……ぎ、っ」

「ごめんなさいは？」

引き千切らんばかりに、陰嚢と竿《さお》を引き搾る。

狼には、頭より躰だ。悪いことをした時は、こうしてここを戒めてやると……。

「……っめん、なさい……っ！」

ほら、謝る。

「反省の色が足りない」

それはただ痛いから謝っただけで、不貞を謝罪したのではない。

与えた銃よりもずっと太いそれが萎《な》えるまで痛めつけ、けれども、金環を嵌めたままのそこが反応しているのを認めると、どうにも頬がゆるみ、「あとで関係した人間の名をすべて申告しろ」と優しく命じて、許してやる。

「去勢されたくなければ、よく尽くせ」

「んっ……ぅ、ぎ」

イェセカの腹に乗せられ、乱れた三つ編みを手綱のように引かれる。

この独特の痛み。待ち望んでいた熱。夢にまで見て焦がれた男。触れたくてたまらなかった膚《はだ》。誰よりも何よりも質量のあって、重くて、熱い……この胎に種をつけるオス。

腰を入れて背を撓《しな》らせると、痛いほど深くでイェセカを感じた。

じりじりと脂汗が浮いて、肺が忙しなく膨らんでは萎《しぼ》み、息をするたびに脳天が眩《くら》んで、ふわりと浮いたような心地。

「だらしのない顔をして……そんなにこれが待ち遠しかったか？」

「ふ、ぁ……」

「おいで、こっちだ」

「も……ちょっと、まって……すぐ、うごく、から……」

「……息をしろ」

「っは、っ……ひ、っ、ぁ……っひ……」

「……そう、いい子だ。あともうすこし……そう、それでいい。……あぁ、腹が立つな、勝手にこんなだらしのない穴にして……、仕込みが雑だ。……もういい。動くな、もう奥にあるから、とっとと力を抜け」

「……っ、ぁは」

「やっぱり動け」

「ごめん、ゆるして……」

「俺に跨《また》がっただけで詫《わ》びになると思うな」

言葉とは裏腹に、イェセカの仕種《しぐさ》は優しい。根元まですっかり収めて、めくれあがったふちを撫で、いつまでもいつまでも、シツァが落ち着くのを待っていてくれる。

「ごめん……っ、……なか、馴染まない……」

躰に馴染むほど、回数を重ねたわけではない。

躰が覚えるほど、いつもここにイェセカを咥えこみ、居座らせているわけではない。

でも、すぐに覚えるから。ちゃんと、感覚を取り戻すから。

忘れないようにするから、すこしだけ待って。

「……っご、めん……っ、なか、ぜんぜ……っ、使ぇ、なく……て……っ」

躰の真ん中に骨が一本増えたようで、姿勢を正すこともできず、前のめりになってイェセカの胸に両手をつく。下腹を引っこめて腰を落とすとより深くずっぷりと嵌まり、腰を入れて前のめりになると腹のなかで陰茎が滑って、会陰《えいん》が盛りあがる。

「ぁ、っ……!?」

「馴染むより先に、ここで女の悦を覚えたほうが話が早い」

イェセカの手が、腰を摑む。ちょうど、焼けて爛れた刺青を覆い隠すように鷲摑《わしづか》み、下から突き上げ、シツァのいいところを責め立てる。腰にかかるイェセカの指が気持ち良くて、もっと触って欲しくて、強く摑んで手の痕がつくほど抱いて欲しくて、爪を立てる。

浮いた腰骨が弾み、撓る背に添うように肋骨《ろっこつ》が拡《ひろ》がり、薄い腹が伸びる。臍《へそ》にまでくっつくほど勃起《ぼっき》した鈴口は壊れたように淫液を吹き上げ、色の薄い陰毛が濡れそぼり、金環にぺとりと張りつく。

「……っい、ぅ」

快楽と疼痛《とうつう》の合間で、眉間《みけん》に皺《しわ》が寄る。出したいのに、出せない。膀胱《ぼうこう》や精嚢《せいのう》が圧《お》され、突き上げのたびにさらりとした透明の雫《しずく》が止《と》め処《ど》なく溢れ、頬にまで飛ぶ。

「上手に腰が使えるようになった」

「ぁ……っ、ぅ」

頬を舐め上げる舌遣いに、ぶるりと身悶《みもだ》える。

「誰かに教えてもらった？」

「……ほんもの、ひさしぶり……」

宦官はいっつも道具に頼る。

その点、イェセカはいい。イェセカの手が触れるだけで、気持ちいい。

「餓《う》えた牝狼だ」

「……つながっ、って、る、とこ……き、もち……っひ、ぃい」

「すっかり男の味を覚えたようで」

「いぇせ、ぁ、……だけ」

くち、くぷ。だらしない動きで腰を前後に揺らす。堰《せ》き止められた精液が逆流して、奥の奥で、澱《おり》のように溜まってぐるぐる渦巻く。内臓を陰茎に押し上げられ、抉られ、圧迫される。結合部を密着させるだけで臓物の位置が変わるような立派な一物で掻き乱される。

「これ、ほしかった……」

「赤毛の男でなくて……？」

「……っ」

「あぁ、その反応だと……まだ関係はあるようだ」

「っは……ぅ」

腹のなかで、オスが膨らむ。鼻元に皺を寄せ、逃げ腰になる。途端、折檻《せっかん》だと言わんばかりに、浮いた腰が跳ねるほど下から打ちつけられ、がり、とイェセカの胸を掻いた。

「都合のいい男にはなりたくないもので」

「アンタ、だけ……っ、だから……」

「口先では、いくらでも言える」

「じゃあ、いくらでも、尽くすから……っ」

なんだってするから。

大事に大事にして、溢れて溺れるほど愛してあげるから。

「……尽くすから？」

「はやく、なか……こすって……っ」

いっぱい、たくさん、赤剝《あかむ》けになって、爛れて腫《は》れるくらい擦って。

どんな玩具や道具を相手にさせられても、アンタほどの満足は得られないんだ。

「それから？」

「……っ、殺しても、いぃ、から、っ、ぁ……」

「もっと」

「一生、っ、アンタの、ものでいいから……っ」

「足りない」

「アンタの為に、……ちが、っ、違う……おれの、俺、の為にっ、早くっ」

アンタの持ちあわせている愛情、ぜんぶちょうだい。

「しっかり尽くせよ」

「……ひっ、ン！」

イェセカの腹に薄い精を吐いた。

金環に縛められたそこから出せる精一杯の量を、吐き出した。

「あっはは、面白い」

「んっ、んぁ……っ、ぅ、あっ」

じょば、どぽ。突き上げのたびに、押し出されて吹き出す。

たぶん、これが、シツァに唯一許された射精の方法だ。腰が抜けて、力任せの動きに跳ねて、落ちて、ゆるんだ穴の、宦官の玩具も届かない場所に肉を迎え入れて、良くなる。

イェセカの手助けで、ようやっと男としてのなけなしの機能を使わせてもらう。

「……っ、は」

イェセカが下腹をぎゅうと収縮させ、身震いした。

「ん……ン、っ」

左の脇腹《わきばら》あたりで、熱を感じる。他人の情動が、自分の胎に根づく。

シツァは拙《つたな》い技巧ながらも、一滴もこぼさぬよう、自分本位な動きで陰茎を締めつけた。

「ほら、ここを締めるんだ」

「っ、ぁ……ぁー……っ、ふ、ぁ、っふふ……ぁ」

左脇腹を掌で圧迫されると、腹の皮一枚隔てた内側で、ぐじゅりと子種が泳ぐ。女の子袋に種を染みこませるような動作に、「あかんぼ、できる……」とうわ言を口走る。

「孕んだなら、産ませてやる」

「ンっ、ふ……ふふ」

「……？」

「産ませてやるじゃなくて……産んでください、おねがいします、だ」

「生意気を」

「……産んで欲しいだろ？」

「あぁ、そうだな……」

「じゃあ、なんて言うんだ？」

「頼む」

「イェ……セぁ……」

「うん？」

額に汗を滲《にじ》ませ、優しく優しく目を細める。

「……好き………に、していい……」

「そんなことを言われたら、手足を捥《も》いで人彘《人豚》にしたくなる」

「……古臭い話……あぁ、でも、酒甕《さかがめ》で溺れるよりは、アンタに溺れたいな」

「もう一度」

「溺れたい」

息ができないほど、苦しくなりたい。

「もっとねだって」

「……アンタじゃないと、満足できない」

「もっと聞かせて」

「いま、死にたい」

「……もっと」

「イェセカ」

「……うん？」

「くちびるが、きもちいい」

名前を呼ぶだけで、唇が気持ちいいんだ。

名前を呼びたい。ずっとずっと呼びたい。呼び続けたい。

「イェセカ……」

「お前に呼ばれると、何もかも許してしまいそうだ」

浮気を咎《とが》めて、便りのひとつもないことを責めて、甘えを見せないことに拗《す》ねてやろうとしたのに、こんなふうに甘え声で名を呼ばれたら、何も言えなくなってしまう。

ただ、逢えて嬉しいからもうそれでいいと思ってしまう。

「……っ、ぃ、ぇせぁ……」

舌っ足らずな声が震えているのは、胎のなかの男がまた膨張して、苦しいから。

長く離れていた生身の肉の熱さに、心が受け止め切れず、溢れて、胸が苦しいから。

絶対に、そう。ただ、それだけ。

だって、こんなに幸せなのだ。名を呼ぶだけで唇が心地良さを覚えるような男に抱かれ、その男の頬を両手で押し包み、息遣いを感じ、唇を合わせ、肌を重ね、たった一度きりでも、素直になれたのだ。

こんなに幸せなことで、嗚咽《おえつ》も涙も溢れてはならない。

ごめんなさいと謝ることさえ、シツァには赦されないのだから。

＊

イェセカの足元で、ごろごろ寝転がる。火炕《オンドル》で温められた床は、絨毯と綿布団の二重《ふたえ》になった敷物が敷かれていて、ふかふかと寝心地がいい。

イェセカがいつまでもいつまでもシツァの髪を撫で、頬を撫で、火照った躰を慰めてくれるから、うつらうつらしても吐息は甘く、イェセカを置いてひとりで眠りに落ちるのが勿体《もったい》なく、いつまで経っても離れられない。

「腰の骨が拡がって、内臓が下がってる……」

「なんだ、気づいてないのか？」

股が開いて元に戻らないと唇を尖らせると、イェセカはどこか得意気に笑う。

「……なにを」

脇腹を撫でていたイェセカの手指が、後肛へするりと伸びて、弄《まさぐ》る。

「漏らしているから、てっきり気づいているものだと」

指に絡む濁った精液を、シツァの鼻先でくちゃりと捏ねてみせる。

「漏れてんのか？」

「あぁ。ほら……ちょっとなかを弄ると、奥からいくらでも溢れてくる」

「いま、指、入ってんの……？」

「分からないか？　いま二本だ」

「……？　分かんない」

内腿《うちもも》のあたりはかろうじて何か垂れ落ちているのが分かるけれど、イェセカを受けたあたりは感覚が鈍磨だ。抓《つね》られても、叩《たた》かれても、音が鳴るほど指で可愛がられても、何も感じない。せっかく自分のなかにイェセカの一部があるのに、悲しい。

「これで三本……」

「………んー……？」

「四本」

「……っ、ぁ」

「ゆるくなったものだ」

これだけ詰めこんで、ようやく分かるのか。

アンタのその節くれだった指四本分で、ちょうど陰茎の太さ。

「でも、覚えた」

「うん、肉の形が変わった。……俺好みにな」

いい子いい子をして尻を撫で、ぱちんと叩く。その衝撃でまた意図せず漏れるものだから、腿を伝う腸液や精液を掬《すく》いとり、指の腹を擦り合わせ、くちゅりと遊ぶ。

「んぁ、ぅ」

その手指を口許へ掲げられ、シツァは躊躇《ためら》いもなく口中へ含み、舐め清めた。床に寝そべる犬猫が餌をもらうように、イェセカの出した種汁をぺちゃぺちゃと味わう。

そうしたら、また、いい子いい子と頭を撫でられる。

シツァは、指の背に頬をすりすりとなすりつけ、イェセカの匂いがする上等の絹にくるまり、くぁ……と欠伸《あくび》を漏らす。心地良い眠気と、イェセカと遊びたい欲がせめぎあい、仔狼がじゃれるような仕種で、床に流れる鉛の髪を指先にくるくると巻きつけ、ぷつ、と一本ばかり引き抜く。

「痛い」

「もらうぞ」

「そんなものどうする？」

「こうする」

あーん、と小さな口を開けて、ごくん。

「…………」

イェセカが目を丸くして、喉を鳴らすシツァを凝視している。

「うまい」

丸く巻いた髪の一本を胃の腑《ふ》へ収めると、それだけで空腹も紛れるほどの満腹感がある。

「お前はまたそんな……普通の食事をしろ」

「いい、いらない」

イェセカの腰に腕を回し、すり、と頬を寄せる。

「いい機会だから言っておくけどな、お前はもうすこし自分を大事にして……」

「アンタも自分のこと大事にな。……あ、そうだ。西洋かぶれもいいけど、短髪にはするなよ。時期的にまだ早いし、食うなら短いより長いほうがいい」

「お前は風呂に入れ。行水で済ませるな。それから、耳の裏はしっかり洗え」

「アンタはあんまり他人に構いすぎずに、自分のこと構ってあげなよ」

「お前が自分を構わないから、俺が構ってやるんだ。あと、これだけは言おうと思って言いそびれたからいま言うが、お前は誰にでも愛想良くしすぎだ。人の荷物まで背負うな。食う時は箸を使え。寝る時は寝間着を着ろ。素っ裸で寝るな」

「なんで知ってるんだ」

「時々、寝顔を見に行った」

「………き」

「気持ち悪いと言うのもナシだ。その言葉は、人を傷つけると知れ。あぁ、あれだ、お前、寝言と寝相には気をつけろ。時々、お前は変なことを口走る。悪い男につけ入られるぞ」

「そんなの、自分じゃどうにもできない」

「どうにかしろ」

「じゃあ、アンタも、拗ねた時にガキっぽくなるのやめろ。俺に甘える時だけ口調が退化してるから、アレやめろ。駄々っ子か。ただでさえ理不尽なことやられてんのに、このうえ、言動までそんなことされたら髪の毛ぐしゃぐしゃしたくなる。……？　あれ？　あぁ、クソ、なんか余計なこと言った。兎《と》に角《かく》、アレやめろ」

「なら、お前は寝ている時に俺に背を向けるな。目が醒めた時にアレはめげる。ついでに、俺がやった饅頭を皆に分け与えるな。お前の為に作らせたんだぞ。他の奴の分は他にある。あと、俺が絵本を読んでやるって言ったのに、いらないと言うな。……おい、言っておくが、言いたいことはいくらでも出てくるからな。おい、言ってるそばから欠伸をするな。寝ている時に自分の股をいじるな。布団や俺の足を股に挟んで擦りつけるのもナシだ。お前、アレ、癖だろう？　あの癖はいやらしいからやめろ。無理なら俺の前だけにしろ。他人の前で寝るな。お前、絶対に俺の前以外でやるに違いない」

「じゃあ言うけどな、アンタも寝てる時に俺のことぎゅうぎゅうぎゅうぎゅうしてくるのやめろよ、息ができないし、苦しい。あと、腕枕は嫌いだ、固い。アンタ、俺にアレするの好きなんだろうけど、俺は寝苦しい。それから、起き抜けに顔を洗わされるのも嫌いだ。濡れた手拭《てぬぐ》いで顔をごしごしされるのも嫌いだ」

「あれはお前が寝惚けた顔で呆《ほう》けているからだろうが」

「だから、さっきも言ったみたいに、俺は俺のやり方で自分の世話を焼くから、アンタはアンタで自分の世話を焼けって言ってんだよ。アンタ、そうやって一生誰かの面倒を見て生きてくつもりか？」

「お前の面倒だけに決まってるだろうが。夜中に寝こけたまま、またぐらを弄って自慰を始めるお前の手を握ってやって、抜いてやって、朝起きた時には清々《すがすが》しい気持ちで目が醒めるようにしてやっていたのは俺だぞ？」

「……っき、っもちわるい……アンタ、そんなことしてたのか」

「昼間に勃起して恥ずかしい思いをするよりいいだろうが」

「寝込みを襲うなよ」

「気づいていないから無効だ。寝ながら床や布団を相手に盛るお前が悪い」

「あぁもう……いい。とりあえず、アンタは、もう、……それでいいや」

お互いにお互いの心配なところを、気になるところを、口にしただけだ。

シツァがどれだけ指摘しても、イェセカのほうが、より変質的で偏執的な内容を持ち出してくるから、これ以上、自分の知らない奇癖は知りたくないとシツァは耳を塞《ふさ》ぐ。

「俺だけの知るお前の悪癖だ、観念しろ」

「アンタはほんとに……執念深い。男の嫉妬《しっと》と執念は醜いって知らないのか？」

「うるさい、お前にだけだ」

「財産に執着するなよ」

執着しているのは自分なのに……自分からは離れられないから、イェセカから離れてもらおうと、そんなひどい言葉を吐く。

「お前は逃げてばかりだ」

「当たり前だ。皇族と半人半物はどう足掻《あが》いても一緒にはなれない」

「情死でもするか？」

「アンタと心中なんか死んでも御免だ」

死ぬなら勝手に俺を殺してアンタも死ね。

俺はアンタに殺されて先に逃げるから。

好きになっていく自分がこわいから、俺はアンタに殺されて、先に逃げる。

俺は、自分のこともよく分からないのに、アンタのことだけは欲しくて、でも、手に入るはずもなくて、手に入れるならぜんぶ欲しくて、俺の世界ぜんぶアンタにしたくて……でも、それはできないから……それなら何も手に入らないほうがいいと思って逃げるんだ。

そして、その考えはいまも変わらないんだ。

「俺は我慢できるけど、アンタには我慢して欲しくない」

「……なら、俺はお前が……」

「そうじゃなくて。もっと遠い未来の、ちゃんとした将来の話」

「お前とのことは、ちゃんとした将来の話じゃないのか」

「俺のことはいいから。……俺じゃなくて、アンタの話がしたいんだ」

「……シ」

「いいから、聞け。……アンタさ、前に、子供はだめだって言っただろ？　……あれって、後継者争いに子供が巻きこまれるからだろ？」

「あぁ、そうだな」

「……でも、俺、アンタみたいな親がいてくれたら、嬉しいと思うよ」

「…………」

「だから、その、なんていうかな……アンタは、誰かひとりの親にはならないつもりだろうけど、その分、弟のこととか、俺たち奴隷とか、宦官とか、使用人とか、城市の領民を大事にして、皆の親になってる。……それは、とても立派だと思う」

「そう思ってもらえたなら、光栄だ」

「だから、次はもう親の役目じゃなくて、子供の役目になってもいいと思う」

「…………」

「ちゃんと、甘えられる人、見つけなよ」

アンタを大事に大事にしてくれる人。アンタのことを甘やかしてくれる人。

そういう人を見つけて、幸せにね。

「……ごめんな」

　俺じゃ、それはできないから。

「なら、次は俺が言う番だ」

「……最期だから、聞いとく」

「頼むから、自分を可哀想にするのはやめてくれ」

「……？」

「……なんと言えばいいのだろうな……、そう、自分の世話を等閑《なおざり》にするな。自分をちゃんと愛して、自分を活かせ。自分の人生を放棄するな」

「余計に分からない」

「部屋の隅で眠ったりせず、暖房や火炕を面倒がったりせず、食事を適当にしたり、睡眠を削ったり、他人の分まで頑張ったり、他人との深いかかわりを自分から封じたり、自分の幸せを追求しなかったり、怪我を放っておいたり……自分のことは構わないと二の次にしたり、日常生活や恋愛を諦めたり、そういうことをしないで欲しい」

「…………」

「なんで、お前はこういう時に笑うんだ？」

「ほんとに……変なこと言う人だな、って思って……」

　変な人。

そういうのは、人生に余裕がある人がするんだ。

そういうのは、将来が明るい人がするんだ。

そういうのは、春を迎えられる人がするんだ。

「俺がすることじゃない」

「誰がしたっていいんだ。誰でも、自分を愛することに資格はいらない」

「…………」

困った顔で眉《まゆ》を顰《ひそ》め「むずかしい」と子供みたいにはにかむ。

「なら、俺に……」

それをさせろ。

「難しいことは、したくない」

言葉を遮るように、イェセカの唇を封じる。

その胸元に己の手を乗せて、遠ざけるように掌一枚分の空白を作る。

「……シツァ、自分の人生を、自分の幸いを、自分から放棄するな」

自分の人生を放棄するな。

自分の世界を諦めるな。

君はもっと人生を楽しんでいいんだ。

幸せになる為のありとあらゆることを赦されているんだ。

「……イェセカ」

くちびるが、きもちいい。

名前が呼べたら、それでいい。

俺の世界が終わる時に、俺はアンタの名前を呼べないけれど、唇で象るから。

それが俺の贅沢《ぜいたく》で、それが俺の幸せなんだ。

明日、路傍に打ち捨てられる肉塊になっていたとしても。

＊

照国では、国内で発行される新聞よりも、国外の新聞記者が書く記事のほうが、信憑《しんぴょう》性が高い。租界に住み暮らす異国の記者たちのほうが、この国のことを客観的に見つめ、分析し、情勢を見極め、本国へ報告し、報道するのだ。

たとえば、首府よりも南にある租界で暮らす仏《ファ》国の記者による記事であるとか、北華捷《ベイファジエ》報《バオ》や大公報《ダァゴンバオ》という新聞。英国に割譲された地で発行される秦晤士報《タイムズ紙》や南華早報《ナンファザオバオ》。すこし離れた極東の島国が発行する台日新報《タイリィシンバオ》……など。

どれもこれも、宮中の最奥にどしんと構え、宦官からの報告を待つよりも、異国の言語で書かれた記事に目を通したほうが、よっぽど早く国内外の情勢を知ることができる。

イェセカは、彼ら外国人記者に一定の保護を約束する代わりに、本国や在照大使館へ送る前の記事を融通してもらっていた。

その日も、懇意にしている異国の記者が、いつものようにイェセカにだけ提供してくれたのは、明日、彼の祖国へ送る予定の写真だった。

「革命です！」

新聞記者の小間使いをする少年が、イェセカの顔を見るなり叫んだ。

「記事はまだこれからなんです。でも、どうしてもこれをあなたにと……！」

少年は、イェセカの為に死に物狂いで自転車のペダルを漕《こ》ぎ、途切れた息を整えるよりも先にそう捲《まく》し立て、イェセカに写真を手渡した。

イェセカは、その報せを首府郊外で受け取った。

北の覇州にはもう雪が積もっていて、急激に冷えこんだせいか、炭鉱で雪害が発生したと急報を受けた。イェセカは急ぎ吉佳宮へ戻る、その準備の最中だった。

ほんの数刻前までイェセカがいた真京で、奴隷たちが結託して革命を起こしたらしい。

手段は至極簡明で、奴隷たちは、リウ一派の宦官や軍人の邸宅を強襲し、十数名を殺害した。そして、彼らの切っ先は、この革命の真の目的であるリウのもとへ迫っている。

つまり彼らは、いままさしくこの時、禁城へ攻め入らんとしているのだ。

手に手に武器を携え、天子の座す乾清宮《けんせいきゅう》を血で穢《けが》さんとしているのだ。

弟のいる場所を、戦場にしているのだ。

照奸《ヂャオハン》。

照国の真なる敵。

奴隷たちは、リウをそう罵《ののし》る。

この照国において、奴隷という半人半物は、襤褸切れを纏い、満足な食事も与えられず、朝から晩まで畑を耕し、金満家の家でこき使われ、豚一頭よりも安い値で売買される。

そこからの脱却を望むなら、戦争で功績をあげるしかない。だが、そうなる前に死ぬのが落ちで、たとえ生き残ったとしても、戸籍さえ与えてもらえず奴隷のまま。

奴隷制がなくならない限り、奴隷は一生奴隷のまま。

そうして、身分差を作ることで、この国は現状を保っている。

百を超える氏族をまとめるのは、皇帝を擁する真照族《チェンヂャオ》。

かつての地位を貶《おとし》められ、真照族の国家から独立しようとする数多《あまた》の少数民族。

そして、長きにわたる統治で内部から腐り始めた現政権。

その現実に気づき、異を唱え始めた国民。

この地の利権をめぐって争う、海の向こうの大国、遙《はる》か陸路で続く東欧諸国、その先にある欧州、そして、北と極東の帝国。それらの、複雑に入り乱れた外交関係。

大照《だいしょう》王朝と呼び謳《うた》われたこの大国は、内外からの圧力で体力を削られ始めていた。

よその国では、飛行機が飛び、車が走り、電気やガスを使う生活で、ラジオや新聞で瞬く間に情報が往来する。それに比べて、この国は、近代化に立ち遅れている。

そういった不平や不満の分子を抑圧しているのが、いまの時代錯誤な王朝だ。

その指針を執るのが、皇帝の宦官であるリウ太監。

異国の新聞記者がイェセカに託したのは、革命を起こした奴隷たちの姿を捉えた一枚の写真だった。白黒のそれには、革命の中核を担う首謀者一味が写し出されていた。

ご丁寧に、首謀者には丸をつけ、名をランズと書き記し、ランズのすこし奥に立つシツァにも丸をつけ、二番手と注釈を加えてあった。

シツァは、イェセカには見せたことのないような表情で写っていた。

薄ら暗い翳《かげ》のある、恐ろしくも心ない青年。伏し目がちでいて、狼のように鋭い眼差し。唇を真横に引き結び、斜に構えて、右半分の隠れた頰。

あの青空の下で駆けて、笑った、横顔の美しい子は、いない。

真っ暗闇《くらやみ》の檻《おり》のなかの鬼。

イェセカは、首府へとって返した。

だが、再び真京へ足を踏み入れた時には、城市は混乱の極致にあった。革命が起きてから、まだ数刻と経っていない。奴隷たちは暴徒と化すのではなく、非常に統率の取れた動きで、金満家や悪徳政治家の家屋敷にのみ押し入り、財を取り上げ、貧困層へ下げ渡す。

禁城は、賊の侵入こそ許せども取り乱した様子はなく、ただ、鎮まり返っていた。

禁城の衛兵はイェセカの姿を認めると、あからさまに安堵の表情を浮かべ、「乱を起こした首魁と一味どもはリウ公公を盾にしております！」とイェセカに指示を請うた。

「陛下はっ⁉」

「ホン老様とツァオ公公がお守りになられ、遊龍園《ヨウロン》へ避難なさっておいでです！　殿下、お気をつけくださいませ！　一匹、手練《てだ》れがおります！」

狼の眼を持つ化け物には、ゆめゆめ近づかれますな。

あれは、傍に寄る獲物にやたらめったらと噛みつき、喰《く》らい殺します。

衛兵の言葉を受け、イェセカは「あぁ、それは俺の狼だ」と歯噛みし、宮内で馬を駆った。あの北原の戦のように、俺の狼が、俺の財が、一騎当千の働きをしたのだ。

宮城の中枢、五千や一万の人間をゆうに収容する広場の奥。

皇帝が政を執る特別な場所、乾清宮に彼らはいた。灰色の石床を血の海に変え、支柱や部屋飾りに血糊《ちのり》を飛ばし、それは見事な屍《しかばね》の山を築いていた。

あまりの事態に、謀反にも戦争にも慣れていない禁城の兵は、彼らのなすことを遠巻きに見つめるだけで、手も足も出せず呆然《ぼうぜん》としている。

「余は、ジュリグシャンホの末裔《まつえい》、呼天四運界宗《フゥティエンスゥユェンジエゾン》が長子イェセカである」

チエや侍衛を門前に残し、イェセカはひとり、乾清宮へ立ち入った。

死臭をまとわりつかせた彼ら奴隷の真正直に立ち、名乗りを上げる。

「六骸《ろくがい》団、頭領ランズ」

赤毛の青年が、一歩前へ出た。

背はさほど高くない。痩せて躰の厚みもない、青白い青年だ。けれども、固く引き結んだ唇と聡《さと》い表情から、芯《しん》の強さが窺《うかが》える。

この青年こそが、シツァが、寝言で呼んでいた男だ。

赤毛の、男だ。

「武器を捨てる気はあるか」

「この閹鬼《イエングイ》を市中で野晒《のざら》しにした後に」

ランズの背後で、彼の仲間に捕縛され、膝をついて震えるリウへと視線を流す。

「閹鬼……去勢した人でなしか……」

「笑うか、貴様は」

「あぁ、笑う。だが、仮にもそれはかつては太皇太后《たいこうたいごう》に、そしていまは皇上と照朝に仕える太監だ。こちらの手で責任を以《もっ》て処断する。私の名でその盟約を結んだとしても、聞き届けてはくれぬだろうか」

「生憎《あいにく》、俺たちはアンタたちを信じないんだ。……シー、準備は?」

「できた」

「殿下、殿下……どうか奴才《ヌウツァイ》をお助けくださりませ……」

リウは涙ながらに命を乞《こ》う。

シツァは、辞世の句や遺書を遺す猶予を与えず、命乞いをするリウの首を掻っ捌《さば》いた。

返り血を浴びるシツァに、仲間の女がその袂《たもと》から藁半紙《わらばんし》を差し出す。シツァは、それで血を拭うのではなく、首から溢れ出るリウの血で、照奸、と殴り書きし、それをリウの額に血で貼《は》りつけた。

上手に字が書けたと、赤く染まった指先でシツァが笑い、そこにいる仲間たちも、それを誉《ほ》めそやす。彼らだけで構成された内輪独特の身内贔屓《びいき》のなかで、身内にしか喜びようのない喜びを共有し、静かな狂喜の渦中で、互いを庇《かば》うように立ちながら、笑う。

そうして彼らは、城外で、リウのその憐《あわ》れな死に顔を晒すのだ。

右の手に剣を握った狼の眼が、薄暗い殿中でぎらりと光る。

灯《あか》りといえば蠟燭《ろうそく》くらいしかない夕暮れの乾清宮は影が濃く落ち、温かな黒い血に濡れそぼったその躰は、どこまでが暗闇で、どこからがシツァなのか分からない。

シツァは、首を落としたリウの頭を摑み、ずるりと引きずった。

「シツァ、止まれ」

「シー、行け」

二人の男が、シツァへ向けて命じる。

シツァは、刹那の躊躇《ちゅうちょ》もなく、イェセカに背を向けた。

けれども、次の瞬間、振り返った。

シツァの脇をすり抜け、仲間の男がひとり、走り出た。

「……イェセカ！」

振り返りざまに、シツァは男の背を追いかけ、一足飛びで、追い抜かす。

イェセカからは、ランズと、目の前に躍り出たシツァが陰になり、男が、イェセカの心臓めがけて短刀を突き出すその手元が見えない。

「……っ、ぐ」

シツァが、唸《うな》る。

「……シー……！」

短刀を手にした男は顔を歪《ゆが》め、「どうして……」と呟《つぶや》く。

「この人は殺すな……っ」

男の肩を抱き寄せ、くぐもった唸り声を腹の底から搾り出し、強く言い聞かせる。

この男はまだ生かさなくちゃならない。この男は、この国の未来に必要だから。

「全員、捕らえろ」

イェセカの言葉で、乾清宮の外にいた衛兵たちはようやく己の職責を思い出し、六骸団の面子《メンツ》を捕縛した。

「……シツァ」

膝から崩れそうなシツァに、イェセカが手を差し伸べる。

「……っ！」

シツァはその手を拒み、一歩、二歩……後ろへ後ずさり、ランズの懐に落ちた。

「シー……っ、しっかりしろ、シー……！」

短刀を生やしたシツァの腹に両手を押し当て、二人は血の海に沈む。

痩せ細ったランズでは、シツァの躰を支えられない。

けれども、シツァはイェセカに助けを求めない。

生の気配が薄れる狼の眼で、「おとうとの、とこ……行け」と訴える。

「殿下……！　皇上が……っ！」

門前にいたチエが叫ぶ。

「トゥイシがどうした⁉」

「遊龍園の方角で、煙が上がっております……！」

「……っ」

「お早く！」

チエの言葉に急かされるも、イェセカの足は、最初の一歩を踏み出せない。

「……ランズ」

「シー……？」

「俺の手、握って……」

シツァは薄笑いを浮かべ、鼻血か吐血《とけつ》か分からないものを吐くと、ランズの手を取った。

ランズに支えられ、ランズを気遣い、ランズの傍にいることを選んだ。

そうすることで、イェセカにその事実を突きつけた。

俺はアンタを選ばないから、アンタも俺を選ばなくていい。

俺は俺の兄弟を選んだから、アンタはアンタの兄弟を選ぶといい。

アンタは何も悪くない。

俺がアンタを選ばなかったんだから、アンタも俺も選ぶな。

俺はアンタを捨てて、ランズを選んだんだから。

「……その六骸団の面子、誰ひとりとして死なせるな！」

イェセカは、己の上着を脱ぎ、「血止めに使え」とランズへ投げつけると、手勢を連れて、禁城の奥に位置する人工庭園へ急いだ。

イェセカが立ち去る間際の、その視界の端で、六骸団の仲間とともに捕縛されるシツァの姿があった。

「……あぁあ……、あぁ……あぁ……」

イェセカに必死に追いつこうと走りながら、チエが言葉にならない感情を吐き出す。

「チエ、以前、お前は、シツァは向こう見ずだと言っていたな」

「は、……はい、はい」

「あれは、違う」

アレは向こう見ずなんじゃない。

「……はい？」

「命知らずなんだ」

自分の命なんてどうでもいいと思っている。

もしかしたら、自分の生死には興味が持てないのかもしれない。

自分に執着がない。

自分を大事に想っていない。

だから、皇族であるイェセカや、皇帝であるトゥイシにも生意気な態度を取れるし、戦場で先陣を切ることもできるし、イェセカに首を絞められても笑っていられるし、「殺してやる」と言われても受け入れられるし、イェセカの代わりに刺されることもできる。

だから、あんなにも魅力的なのだ。

人を惹《ひ》きつけるのだ。

それはたぶんきっと、死に際のそれ。

いまにも終わろうとするものへの、抗《あらが》いきれない魅力、執着、興味、気がかり。強さのなかの儚《はかな》さ。まっすぐ前を向いたまま、ほんの一瞬、目を逸らした隙に、勝手にこの世を見限って、いまにも命を絶ってしまいそうな、そんなあやふやさ。

向こう見ずで命知らずな年若い青年のみが持つ、握れば潰れてしまいそうな、そんな脆さが見え隠れする。それこそ、シツァが他者を惹きつける理由だ。

イェセカは、その狼が纏う死の情緒に惑わされた。

自分の命をも差し出すほどに受け皿の広い男を、己の情愛の対象にしてしまった。

イェセカは、いまからこれを、己が為だけに殺すのだ。

＊

六骸事変。

照王朝はこれを奴隷の反乱と呼び、国外情勢は奴隷による革命と報じた。

それでいうと、この革命は成功だろう。賄賂《わいろ》を受け取り、私利私欲を貪《むさぼ》り、忠臣を廃し、国政を私物化し、国家を崩壊させる要因を作った宦官一派が失脚したのだから。

皇帝はこの事態を重く受け止め、昨今の世界情勢に見合った詔勅《しょうちょく》を出した。

これにより、かつてはリウ一派が独占していた朝廷での地位に、新たな人物が据えられ、奴隷制度も刷新されることとなった。

照朝政府が、比較的奴隷に同情的な措置を取ったのは、幾つかの理由があげられる。

革命軍が、まず、一般市民に危害を加えなかったこと。次に、禁城へ押し入ったものの、皇帝一族には手を出さず、無益な殺生をせず、リウ一派にのみ攻撃を加えたこと。それから、リウを弑《しい》した時点で武器を捨て、投降し、皇帝へ文化的な奏上書を捧げたこと。最後に、朝廷側が国外情勢を鑑《かんが》みたこと。

革命には数多の奴隷が参加した。それらすべてを罰していては、国家が成り立たない。そして、それらすべての奴隷を極刑に処したとあっては、人道的かつ倫理的に遅滞していると自《おの》ずから公言するようなもの。それは、諸外国からの評価を貶めることになる。

朝廷は、それを避けた。

革命に加わった大多数の奴隷たちは、温情措置を受け、軽微な罰か無罪放免。

ただ、革命を先導した中心人物たちは、国家転覆の罪名で処刑されることになった。

妥当な措置だ。六骸団の幹部も、最初からそれを覚悟している。

照国では裁判制度があるようでない。極刑と決まれば、即日のうちに銃殺だ。

されども、これこそ諸外国の目を意識したのか、六骸団に名を連ねる九名の幹部たちは、公正な聴取のもと裁判を受け、全ての審議終了までは首の皮一枚で命を繋げた。

頭領ランズを筆頭とする幹部たちは、ホン老の邸宅で、全員の聴取と処刑が執行されるその日まで、蟄居《ちっきょ》を命ぜられた。

ホン老は、いまは亡き太皇太后の怒りを買い、朝廷を去った宦官だが、現在は、失脚したリウ太監になりかわり、朝廷の要職に就くことが決まっている。

ホン老は、返り咲いたのだ。彼は老いた宦官ではあるが、心までは老いていない。ランズやシツァの革命を陰から支援した古狸《ふるだぬき》は、ここへきて再起を勝ち取ったのだ。

そのホン老の邸宅は、禁城の傍近くにある。

広大な敷地にはいくつかの庭園や離れがあり、シツァもそこにいた。

窓の外の人工湖には氷が張り、雪の積もった清らかな世界が広がる。吐く息も白く、躰の芯も、流れる血も凍る。真昼でも冷え冷えとした曇天が続き、湿気た部屋にはぴゅうと隙間《すきま》風が吹く。火鉢も与えられぬまま、火炕《オンドル》もない冷たい石床に膝を折って座る。

もうあとひと月もすれば柳絮《りゅうじょ》がふわふわと揺らめく春になるとは、到底思えない。

けれども、膝を折って座り続けた皮膚が青痣を通り越して打ち身になり、打撲となり、皮膚が破けて血の滲む傷となり、骨まで痛むようになり、とうとう自分ひとりでは満足に立ち上がることもできず、「もう逃げる可能性もないだろう、その足では歩けないだろうから」と足枷を外された時には、革命のあの日から、ふた月も経っていた。

ちょうどその頃だ。

自死を妨げる手枷に繋がれたまま、シツァは、春節の頃合《ころあい》にランズの死を聴いた。

あぁ、頑張ったんだなぁ……と、思った。

「きっと来年の春節は無理だなぁ」

その言葉の通りに、年を越すこともできず、ランズは死んだ。

けれども、いいじゃないか。

頑張って、頑張って……ひとりで、頑張って、死んだんだ。

苦しむ気力もなく、一度だけ胸元を掻き毟《むし》ったような恰好のまま口端から血を垂らして死んだ。仲間の誰にも看取《みと》られず、朝、見張りが部屋の扉を開けたら、床に転がって息絶えていた。

くしゃくしゃの衣服を整えてももらえず、死に顔の血反吐を拭ってももらえず、赤毛の三つ編みを編み直してももらえず、紙銭も燃やしてもらえず、死装束も、供花《くげ》も、線香も、棺《ひつぎ》もなく、他の罪人と十把一絡《じっぱひとから》げにして、土穴のなかに放り投げられた。

「……対不起《ごめんな》、老哥《兄弟》」

死に際にくらい、傍にいてあげたかった。

先に、逝かせてしまった。ひとりで、死なせてしまった。

ごめんな……すぐに逝くから待ってて。

「……あぁ、でも、佳い日に死んだな」

兄弟と初めて出会った日のような雪景色を、可憐《かれん》な花窓から臨む。

このふた月、毎日、朝から晩まで見飽きた景色を、見やった。

そこからは、もう、なし崩しだ。

六骸団を率いたランズが死ねば、皆、憂いはなくなる。

誰も彼も、罪人として処刑されるつもりはなく、嬲り殺しにされることを忌避した。

全員で、最初から決めていた通りに、した。

「ランズが死んだら、死ぬ」

死出の旅路を、独りにはさせない。

ランズの死を知った翌日に、リーウェイが後を追った。

その報せを聞いて、リーウェイの弟分チャンバオが死んだ。

ここで焦って見張りが増やされたが、女であるという理由だけで監視のゆるかったファリとユンエが、互いの簪《かんざし》で喉を刺し合って死んだ。姉妹のように仲の良かった二人は、二人同時に、その美しい亡骸《なきがら》を晒した。

その数日後、聴取の最中、ドンシィリとフェイズの二人が、それぞれ別々の場所でほぼ同時刻に死んだ。夫婦で革命に身を投じた二人の最期だった。

幹部が次々と自死を遂げるなかで、三番手のトンレンが隠し持っていた毒を呷《あお》り、彼ら七名の死を以て、後顧の憂いをシツァに託した。

「そなたは、損な役回りよのぉ」

仲間の死を伝えるたびに、ホン老はシツァを憐れんだ。

最後に残ったシツァは、ホン老が訪ねてくる時にだけ許される上等の茶を飲み干す。

「それが約束です」

これも、皆で決めたこと。

シツァが、一番最後。頭領のランズは病を押しての革命を率い、処刑を待つまでもなく病死。二番手のシツァが繰り上げで筆頭に。ランズの死後、順当に皆が死ねば、シツァが、最も情報を詳細に知る立場として処刑も最後に回される。

だから、シツァが一番最後。シツァだけは最後まで残って、お上からの取り調べを受け、朝廷の面子を立ててやってから、銃殺される。

「すぐに死ねるとは思うておらんだろうが……」

「はい」

手を、脚を、腹を、腿を……時にはわざと狙《ねら》いを外して嬲り殺し。

それがシツァの近い将来だ。

「まだ童のくせに、えらく肝の据わった子だ。……まったく、これから死ぬというのに、えらく殴られたものよ」

「……八人に死なれて、向こうは面目丸潰れですから」

ざまぁみろだ。

まんまと革命を成功させて、奴隷制の改変という要望を受け入れさせた。それでは革命を成功させられてしまった朝廷が恥をかくので、革命派の中核を担ったランズたちだけは処刑する。その中枢人物たちが全員、病死と自決。

　面目丸潰れだ。

　その八つ当たりが、唯一、生き恥を晒すシツァに向かう。

　そしてシツァは、その八つ当たりに耐えきってから死ぬことによって、幹部全員の死後、八つ当たりの矛先が、残された全ての奴隷たちに向けられることを防ぐ。

「今日は何を馳走《ちそう》になった」

「水を少々」

「あぁ、それで濡れ鼠《ねずみ》か。死体も凍る時節に、無体なことをしよるな」

「…………」

　ホン老の軽口にシツァは薄く口端を持ち上げる。

「痛むか」

「いえ、もうどこもかしこも……よく分かりません」

　剝がされた両手足の爪も、砂の詰まった革の棒で殴られた頭も、ひとりで歩くこともままならぬ脚も、手枷に擦れて肉がこぼれそうな腕も、水をたらふく飲まされて膨れた腹も、それを吐かされて血を吐くような内臓も、最低限度の薬と手当で処刑の日まで保《も》つようにされて、毎日、毎日、毎日、聴取という名の拷問を受ける生殺しの日々も、いずれ終わる。

けれども、「今日はリーウェイとチャンバオが死んだ」「ということは、明日はユンエとファリが死ぬ」「明後日《あさって》にはドンシィリが死んで、明々後日《しあさって》を待てずにフェイズが舌を噛み切って死ぬ」「そしたら、陽が昇る今日を待てずにトンレンが死ぬんだな……」と、仲間の死を想わずに、自分の死だけを待てるのは、嬉しい。

「……みんなが向こうで待っていますから」

死ぬのはこわくない。

このまま、何事もなく死ねるのなら、こわくない。

いま、シツァが願うのはそれだけだ。

「後々のことは案ずるな。儂《わし》や、ツァオ公公が上手く取り成す」

「憂いはありません」

やりたいことをやった。順番通り仲間を見送ることができた。守りたいものを守れた。守りたいと想える人にも逢えた。最期の瞬間に思い浮かべられる愛しい人ができた。

心残りはない。もう二度と逢えないけれど、自分にもそんな幸せがあったのだと、心のよすがにして死ねる。唇が覚えている、あの幸せに頬を綻《ほころ》ばせて死ねる。

それは幸せなことで、こんな自分にとっての、唯一の財産だ。

「死なせるには惜しい」

「死ぬからこそ、惜しいのです」

生きていれば、どこにでもある半人半物でしかない。

死ぬから、惜しく感じるだけだ。

「ホン老……、早めの処刑をお願いします」

動きの悪い身体で、深く深く頭を下げる。

皇帝の傍で働くあなたなら、それくらいの働きかけ、造作ないでしょう？　これは、あなたが朝廷へ返り咲く計画でもあるのですから、どうぞ、俺の死に際にもご尽力ください。

「早く殺してください」

「では、儂よりもより力のある方に直訴せよ」

「……？」

小首を傾《かし》げるシツァは、その両手に握った茶器を取り落とした。

かちゃん、と青花《せいか》のふちが欠けて、裸足《はだし》の足元にぬるい茶が染み拡がる。

「儂はこれで失礼しよう。……殿下、ごゆるりと」

扉の前に立つ男に拱手叩頭《きょうしゅこうとう》し、ホン老は部屋を辞した。

「健勝でなにより」

転がった茶器を拾い上げ、卓子に置くと、ついさっきまでホン老の座っていた洋椅子《ようい す》にイェセカが深く腰かける。

「……なんで」

「迎えに来た」

「……っ、んで……来るんだ……っ」

なんで、俺の想い通りに動いてくれないんだ。

アンタはいつもそうやって諦めをつけられると思った頃に現れるんだ。

「ひどいじゃないか、お前、一度も俺の名前を出さないいなんて」

そうすれば、こんな目に遭わずとも、「…………アンタなんか、知らない」

「知らぬもなにも、お前が俺の奴隷だったことは周知の事実だ。隠しようもない」

「アンタには、関係ない……っ、出ていけ……」

「そうして俺を守ったつもりか」

「……っ」

「いつも、いつも、いつも、お前はそうだ」

首府へ上がる時も、わざと「うだつのあがらない王兄よりも、仕えるなら、より良いほうがいい」と言って、イェセカに恩を仇《あだ》で返すフリをした。

イェセカの名を刻んだ刺青を潰したのも、「アンタの所有物だと公言して歩くようなものだ。こんなものがあったらいびられ通しで俺の躰がもたない。だから潰した」と言った。

そしていま、早く俺を殺してこの口を封じてくれと、急いている。

全てはイェセカを守る為に。

奴隷が謀反を起こせば、当然のこと、その奴隷の所有者である飼い主へも累が及ぶ。

シツァの場合は、イェセカ。

だが、シツァはそうなる前にイェセカの屋敷を出て、皇帝の所有物となった。所有者が代わっていたから、刺青にもイェセカの名がないから、イェセカにはお咎めがなかった。

イェセカが謀反に加担していないと証明する為に、シツァはイェセカの所有物であってはならないし、イェセカに恩を仇で返した形で吉佳を去らなくてはならないし、関係を持っていないことの証明に、イェセカから与えられたものはすべて手放さなくてはならないし、手紙の返事を書いてもいけないし、革命の後、どれだけイェセカのことが心配でも安否を尋ねてはならないのだ。

謀反を起こした奴隷が、皇帝の兄と関係があってはならないのだ。

「手の込んだ真似をして……」

それどころか、覇州の炭鉱で雪害と偽の手紙を送り、イェセカに首府を離れさせた。

これも、革命の時にイェセカを真京にいさせない為。それは単純に、イェセカが巻き添えを食わないようにする為。それから、革命が終わった後に、イェセカが真京へ戻りやすくする為。覇州へ封じられていたイェセカが、革命の終結後に、中央の政治へ参画しやすくする為。

ただ、これが余計だった。

イェセカは、イェセカ自身が、イェセカの為に、急遽《きゅうきょ》、覇州へ戻る理由と、その為に軍馬を整える手筈《てはず》をきちんと準備して、あの革命の日に備えていたのだから。

「自分ひとりで泥をかぶったつもりか」

「……ふ」

「その顔で笑うな」

眉を顰め、誤魔化すように笑うな。

「アンタは、なんでもお見通しだな」

「お前のことなら、意地でも調べあげる」

「そこまでしてもらって悪いが、意味がない」

「守る為にならら、意地でもやり通す。……お前と同じように」

「それは自惚《うぬぼ》れだ。俺は、アンタにそこまで惚れちゃいない」

だって俺は、アンタじゃなくて、ランズを選んだんだから。

最後の最後には、アンタを選ばなかったんだから。

その為に、頑張ってわざと素っ気なくして、アンタへの未練がないように振る舞って、なんとかしてアンタを怒らせて、愛想を尽かせて、いざという時に迷惑をかけないように仕向けたつもりなのに……。結局はどれもこれもお見通しで、なんにも上手くいかなくて、苛立って、なのに、手玉に取られている感じが悪い気はしない。

最期の最期に、自分を理解してくれる人がいたというのは、救いになる。

「腸《はらわた》が煮えくり返る」

奥歯を鳴らすイェセカに、シツァは小首を傾げる。その仕種さえもがイェセカを苛立《いらだ》たせると分からずに、シツァは椅子から下りて両膝をつき、深く頭を下げた。

「陛下への無礼、この裏切り、心よりお詫び申し上げます」

「お前ひとりでしたり顔をして、何もかも弁《わきま》えたような態度で、腹が立つ」

「申し開きはいたしません」

どうせ、明日には死ぬ身です。許してくれなどと甘いことは申しません。しかしどうか明朝には消えるこの命で、些少《さしょう》なりとも怒りの矛先を収めてはくださいませんでしょうか。

「お前は納得ずくで死ねるだろうが、俺は何も納得していない」

イェセカを蚊帳《かや》の外にして、守るだけ守って得心したつもりになって、そのくせ、イェセカには守らせてくれなくて、勝手に死のうとするなんて許せない。

「……っ！」

「腕の一本で持ち上げられるような躰で、よくもまぁ強がりを」

頭を垂れたままのシツァの躰は、イェセカが片腕で引き摑むと、それだけで前のめりに傾ぐ。

「ふふ……っ」

イェセカの足元に伏したシツァは、静かに、嬉しそうに笑う。

「何が楽しい」

「元気そうでよかった」

ちゃんとこんなに動けるくらい元気でよかった。

もしかしたら、あの時、ちゃんと庇い切れてなくて、イェセカも怪我をしていたらどうしよう……と心配していたのだ。

「違うだろう。……お前が言うべきことは、俺を庇って刺された腹が痛い、だ」

「痛くない」

「笑うな」

「大丈夫。問題ない」

「予後が悪いと聞いている」

「息絶えるその日まで生きていれば、それで問題ない」

いつまでも傷口の塞がらぬ己の腹を、掌で押さえる。

シツァはわりと元気だ。名誉の負傷というやつだと思えば、痛みも喜びに変わる。

「俺が死んだのちも、一生涯、俺に守られて生き永らえたと、アンタがそう思い出す様を想像するだけで、滑稽《こっけい》だ」

「狼、俺を呪うか」

「この命を以て」

アンタの為にできることって言ったら、死んであげることくらいだ。

もう、それもできないが……。

「でも、死ぬ前に逢えてよかった」

「二度とそんなことを言ってくれるな」

「明日は、後顧の憂いなく終われる」

「終わらせない」

「……？」

「お前の処刑はない」

イェセカの言葉に、足元に縋《すが》るようなシツァの顔が、歪む。まず初めに驚きで頬が引き攣《つ》り、次いで、喜びではなく絶望で、悲しくて、悔しくて、怒り任せに、歪む。

「……な、んで？」

どうしようもなく笑うしかなくて、薄く口角を持ち上げ、イェセカの服を掴む。

掴んだ指先が震えて、見る間に血の気が引いていく。

「お前が俺のものだから」

氷のように冷えた手を取り、指を組み絡める。

「……ちが、ぅ」

俺は、アンタのものじゃない。

「革命の中核を担った奴隷が皇帝の所有物では聞こえが悪いだろう？　だから、俺の所有に戻した」

お前は覇州公の奴隷であって、照国皇帝の奴隷ではない。

これは、皇帝を救い、皇帝に貸しを作った、その見返りだ。

革命が起きると察知したイェセカは、ホン老に渡りをつけ、皇帝を守る為に上洛《じょうらく》した。

リウ一派が成敗された後は、皇帝が失脚しないように采配《さいはい》もした。

皇帝を救い、弟との関係を修復し、弟からの信頼を得る為に。この革命を利用しつつ、兄としての存在を確かなものにし、朝廷での立場と権力を取り戻し、地盤を固め、反乱の後始末を一手に引き受け、諸外国にも存在を強調し、政治への影響力を強めた。

「いつから、気づいてた」

「最近だ。お前が加担しているかもしれない……と気づいた頃にはもうこの流れを止めることはできなかった。……お蔭様で、後手後手だ」

「……なんで死なせてくれない」

覇州公の奴隷であっても、革命の中枢にいた奴隷だぞ。

なんで、俺だけ……。

「だってお前は、革命があることを俺に教えてくれたじゃないか」

「……は？」

口端が、歪む。今日一番のひどい顔をして、頬を引き攣らせ、化物か死鬼と遭遇したような表情で、イェセカを凝視する。

「お前は、六骸団の一員として振る舞いながら、その実、俺の密偵としてよく働き、よく尽くし、よく情報を流してくれたじゃないか」

「……し、てない」

そんなこと、してない。そんな、ランズやみんなを裏切るような真似、してない。大嫌いな朝廷側につくような真似なんて、一度もしていない。

「したんだよ。俺がしたと言うからには」

なぁ？　ほら、これで協力者を殺すことはできないだろう？

朝廷に尽くした奴隷を誰が処罰することができようか。

「それに、革命に加担したのはシーであって、シツァじゃない」

「それじゃあ、俺は……」

「安心しろ。上手くやってやる。奴隷連中からは裏切者と謗《そし》られることもあろうが、……まぁ、お前ひとりだけが生き残るのだから、つまりは俺のそういう物だと気づくだろう」

「…………」

「なに、お前ひとりくらいなら俺が囲ってやる」

「……っぁ、はは……っ」

笑った。

腹が捩れるくらい笑って、笑って、笑って……恨んだ。

目の前の男を、初めて、憎らしいと思った。

けれども、憎らしい男を手にかけるほどの憎さよりも愛しさのほうが勝って、この男には何ひとつとして危害を加えることはできず、シツァは、己の懐の銃を握った。

一度だけ、たったの一度だけ、ここぞという時に、この命を奪ってくれることを期待して……。

たった一度だけ、この脳天を撃ち抜く為に。

「なるほど、見張りもお前には同情的……というのは真実らしい」

隠し持つ銃を黙認し、自害にも目を瞑《つむ》るほど、同情を寄せているらしい。

「呪うぞ、イェセカ」

死に際の呪詛を吐き、引鉄を引く。

たった一撃の銃弾は、シツァの喉を逸《そ》れて、床石を削り、壁に跳ねた。

「殿下！」

銃声に反応して、扉の外のチエが叫び、哨兵《しょうへい》が動く。すぐさま「問題ない、入ってこずともよい」と応じるイェセカの言葉で、扉一枚隔てた向こうは騒ぐのを控え、沈黙した。

「脚が長いと便利だろう？」

「…………」

シツァは、イェセカに蹴り飛ばされた拳銃へと、ゆっくり視線を巡らせた。

歩いて取りに行ける距離なのに、歩くことのできないシツァは、取りに行けない。

「俺はこんなことの為にこれをくれてやったわけではない」

「……っんで、邪魔する……っ」

「お前の命は俺の物」

「一度くらい、自分の決めた通り自分の命を使ってもいいだろ……？」

「いいわけがあるか、俺の財産の分際で」

絶対に、死なせない。俺の財を活かすも殺すも俺が決める。

お前には、お前の命の使い途《みち》を決める権利さえない。

「俺の気持ちはどうなる」

「そんなもの、知ったことか」

「……頼むから……死なせろ」

取り上げられた銃を求め、床を這い、イェセカに縋る。

頼むから死なせて……、なんにも迷惑なんてかけないから。

「断る」

「なんで、俺の、お、れの……っ、せ、いっぱいの……こと、台無しにするんだっ」

せっかく、アンタを巻き添えにせず死のうとしたのに。

大好きだから、愛してるから、離れたのに。

「俺は俺の行動の全てを台無しにしたくない」

「俺の意志は、っ……どうなる⁉　アンタだろうがっ！　俺に、自分の考えで、選んで、決めて、自分の思うように、ちゃんと自分の感情を大事にして、っ……大事に、って……」

「うん。でも、お前は俺を大事にしているだけで、お前自身のことは大事にしていないようだから……。俺はお前のことを大事にしようと思うんだ」

叱られて、大事にされて、心配されて、思いやられたことのないシツァ。イェセカに当たり散らしたいだろうに、自分の怒りを誰かに向けたことがないから、自分を殺すことで昇華しようとする可哀想な生き物。

「……し、ねると……思ったから……頑張ったのに……」

ちゃんと死ねるって分かってたから、諦められたのに。

みんな、もう、ちゃんと死んでるのに。

自分だけなんて、生きてられない。

生きてるのに、諦めるなんてできない。

「生きてたら、っ……あんたのこと、あきらめられないんだ……っ」

奴隷と皇族じゃ、どうにもならないんだ。

「なら、なぜ、それを俺に話さなかった？　俺に打ち明けて、俺に相談して、俺と一緒に考えて、悩んで、……なぜ、二人で不安を解消しようとしなかった？」

「できるっ、わけ……」

「俺は、お前のことぜんぶ把握しようとしたつもりだけど、殴ってでも吐かせたほうがよかったか？」

「なんでそんなことする必要があるんだ」

「好いたもののことは徹底的に知りたい性分だ」

「俺は別にアンタのこと知りたくないっ」

「知っておいたほうがいい。お前が一生傍にいる男のことだ」

「好きじゃ、なっ、い……んだ……生きてたら、好きに、っ、すき……とかっ……」

「それは二度と俺に言うな」

「……なにを」

「俺を好きではない、と言うな」

「俺は……だって……アンタのこと、好きな、わけ、なぃ……っき、らぃ」

「次は殴る」

「アンタ……、次は殴るって言って、一度も殴ったことないじゃないか」

「なら、いま殴ろう」

「……っ」

「俺はお前が嫌いだ。好いてはいない」

身構えるシツァに、言葉で暴力を振るう。そうして、己が、何度もその言葉を言われた側になったところを想像してみろと、足りない頭に教えて聞かせる。

それとも、もっと何度も、「お前が嫌いだ」と言葉にしなくちゃ分からないのか？

お前のことが、嫌い。いらない、必要ない。欲しくない。愛していない。

俺は幾度ほど、心にもないことを言わなくちゃならないんだ？

「…………意気地なし」

殴れよ……、ちゃんと殴られて、それで、アンタに殺されたほうがマシだ。

「殴ると本当に殺しそうだから殴らない」

「…………」

「なぁ、……いやな気分になったか？」

「…………」

「なら、俺にも言うな」

俺とお前は傷つけあう為に、ここにいるんじゃない。

「っ、……ふ」

「……泣くなよ」

「泣いてない」

「そうだな。お前、泣けないものな」

いまも、泣きそうな顔をして笑っているものな。

お前は、自分のことじゃ泣けないんだ。

「……なぁ、シツァ、知ってるか？」

「…………」

「四年前に科挙が廃止になった。同じ年には、初めて映画も上映された。翌年には鉄道が五千哩《マイル》も開通して、それからは照朝に対しての武装蜂起《ほうき》が活発化した。去年……あぁ、もう一昨年だな……太皇太后が亡くなって、去年の暮れにはお前たちが革命に殉じた」

「それが、どうした」

「世界は、すぐに変わる」

「…………」

「けれども、生きていなければ、何が変わったかも分からない。死んでしまっては、生きている人間が、何を考えて、何を想って、何をして、どんな気持ちで生きているのか、分からない」

「……イェセカ」

「俺は、お前と、春に梅や牡丹《ぼたん》を一緒に見たいと思うよ」

「…………俺、は……もう、春には、いないと思ってた……」

春に、イェセカが何を想い、考え、生きているかなんて、知りようもないと思っていたから……。知りたくても、知ることはできないと諦めていたから。

「残念ながら、俺の想い描く春にはお前がいるんだ」

「……勝手だ」

「俺の財を俺が惜しんで、何が悪いというのか」

イェセカはイェセカの思うままにシツァを生かして、愛して、傍に置く。

イェセカは、イェセカのやりたいようにやる。

「死んだほうが、まだ、楽だ……」

「素直に諦めて、俺を愛する為にでもお前の命を使うといい」

「……欲しがっても手に入らないなら、諦めたほうがいいと思ったんだ」

「それでこの世から逃げるつもりか？　随分と弱気だな。そんな心積もりで後追いをされたなら、死んだ仲間たちもさぞ迷惑だろうよ」

「みんなと、一緒に……死にたい」

「諦めて、俺に愛されてくれ」

「……ひとりで、のこるの……こわい」

「悪いな、こういう愛もあると思って諦めろ」

「なんで、こんな……っ」

「何もかも俺のせいにするといい。お前は生き恥を晒して、晒し続けて、死んだ仲間にも恨まれ、裏切り者と謗られ、天寿を全うした後は、あの世でも内輪に入れてもらえず、俺と一緒に死んで、俺の黄泉路《よみじ》の供となり、彼岸でも俺とだけ仲良くするんだ」

「恨むぞ」

「ずっと俺の傍で恨み続けるといい」

俺は俺のあずかり知らぬところで財産を手放すつもりはないんだ。

生きるも死ぬるも、愛するも呪われるも、憎まれるも想われるも、殺すも笑うも、何もかもぜんぶ、俺の管理下で、俺の為に、お前にやらせる。

「アンタの目の届かないところで、いずれ死んでやる」

「無理だ。お前は俺を見捨てて死ねない」

春の次の夏に、その年の秋に、すぐにやってくる冬に、来年の春に……。

俺がひとりでさみしくしていると思ったら、お前、死ねないだろう？

「そうそう、それと、遺された奴隷たちがまとめ役を必要としている」

「……それは、ちゃんと他の奴が」

「知るか。お前に任せるとランズが一筆書いて寄越した」

「……そんなことするはずない。ランズは俺と死にたかったはず……まさか、アンタ」

「死人に口なしだ」

ランズがそうして言葉を遺したなら、遺された者たちはそれに従う。

お前はランズを悪者にできるか？　己の兄弟が、死後に「約束が違う」「ランズはそう言い遺したのに、シツァはひとりで生き残って、俺たちを見捨てて逃げた」「だから適当なことを言ったランズも大嘘つきだ」「それに、聞かされていたよりも生活は良くならないじゃないか」と、大勢から悪《あ》しざまに罵《のの し》られ、八つ当たりの材料にされ、貶《けな》されるのを聴きたいか？　お前のこれからの頑張りようで、お前の兄弟たちの評価が、大きく変わるというのに……。

「世界が変わるのは早い。お前たちのしたことなど、次に小さな小競り合いのひとつでも始まれば泡沫《うたかた》のごとく消え失せる」

そうなりたくなければ、生きて、生きて、生きて、生き続けろ。

「生きる意味でも与えたつもりか」

「お前が生きようが死のうがどうでもいい。俺が生きるのにお前が必要だから、お前を生かし続けるんだ」

俺は、心が健康で、躰が丈夫で、決して壊れない生き物が好きなんだ。

そのくせ、始終、その身に死を纏わりつかせているような男が、好きなんだ。

そういう生き物の、生命《いのち》も、人生も、思考も、何もかもを掌握して、己のものにして、愛を注ぎ、溢れて、溺れさせて、愛し殺すのが、たまらなく好きなんだ。

ずっと持て余していた愛情の落ち着き先を、愛しいお前にすると俺が決めたのだから。

＊

「にぃさま、シツァはいつここへ来られますか？」

「まだもうすこしかかるな」

「シツァに早く礼を言いたいのです。シツァのお蔭で、トゥイシはこうして生き永らえられたのですから」

トゥイシはこんなにも元気にしているし、シツァの協力と、シツァたちがリウを除いてくれたお蔭で、兄に支えられながら政を執れるようになった。その感謝を伝えたい。

「皇帝陛下から直接の礼を賜るんだ。シツァもきっと喜ぶ」

「うん、トゥイシもそう思う」

にぃさまの奴隷を、トゥイシも大事に想ってる。だからこうして「シツァにお礼を言いたいから禁城まで連れてきてね」と、ねだっているのだ。

「必ず連れてくるから」

城の外へ出られぬ弟の為に、イェセカは約束をする。

可愛い弟の為にになら、イェセカはなんでもしよう。

なんでも叶えよう。

叶えるほどに、イェセカはこの国を自在に動かすことができるのだ。

その身に黄色を使えずとも、皇色を身に纏えずとも。

＊

シツァは自分を単純明快な人間だと思っている。

だが、自分で思うよりも簡単に決着がつかないこともあると知った。そして、そのことは、これから先どれほどの時間が経てども、一生、消えない想いとなるだろう。

イェセカの想いに応えられるはずもなく、それなのにイェセカの庇護《ひご》下でのうのうと生き恥を晒し、自分がまるで特別な生き物のように扱われる日々。

そこまでしてもらっているのに、シツァはただ息をしているだけで、イェセカの寄越すどんな言葉や態度にも応えられず、何も手つかずで、床に臥《ふ》せって過ごす。

体はすっかり元気とまではいかないが、それでももう床を上げて、歩いて、食べて、何かしら働くことができるはずなのに、何もできない。

何もできないまま、シツァは真京で春を迎えた。

内城と呼ばれる区画の胡同《フゥトン》。禁城へ出仕する官僚が住まうその区画は、四合院《しごういん》造りの立派な邸宅が軒を並べる。黄石を削り出した築山《つきやま》と人工池の中庭を邸宅で囲み、屋内にいながらも、漏窓《ロウチュァン》からその明媚《めいび》な景観を愉《たの》しむことができる。

シツァは背当てに上半身を預け、寝所の窓辺から見るとはなしに梅花を見つめる。曲橋の渡った湖面にも薄紅《うすべに》が散り、蓮葉《はすは》を淡く彩り、揺蕩《たゆた》う。薫風に吹かれ、湖面は青海波のような波が均等に打つ。淡い黄金《こがね》色をした陽光が、青々と生い茂る柳に差し込む。

木漏れ日が、橋のなかほどに佇《たたず》むイェセカに落ちる。

久しぶりに見たイェセカだった。ここひと月近くはずっと禁城で暮らし、皇帝の為に、国家の為に、寝食を惜しんで尽くしていると世話人から聞かされていた。

だから、本当に久しぶりに、イェセカを見た。

朝服を着ているところからして、弟に会ってきたのだろう。

窓辺のシツァに気づいたイェセカは、手を挙げ、微笑《ほほえ》む。その時、ぶわりと吹き荒れた春嵐が真綿のような柳絮をふわふわと舞い踊らせ、イェセカを隠さんばかりに乱れる。

シツァが窓のふちに手をかけ、すこしばかり前へ身を乗り出す頃には、羽毛のごとき綿毛は湖面へ落ち着き、また、イェセカが、優しく微笑む姿だけを見せる。

決して、見ることのない景色だと思っていた。

飽きることなく夢想して、脳裏に想い描いて、それで心の慰めにした風景だった。

「……っ」

喉が、震える。狼の眼は、熱を帯びたその視界で愛しい男を追いかける。ただそうするだけで、あまりにもこの心臓が苦しくて、眼を閉じて、やり過ごす。

やり過ごそうとするのに、ずっと想い描いていた、春のあの愛しい姿が脳裏にちらつき、瞼の裏に焼きつき、離れず……溢れる。

「……あぁ、災難だった。服が綿ぼそだらけだ」

チエを伴ったイェセカが、シツァの部屋の扉を開けた。

シツァを見るなり、チエが「わたくしはお茶の支度を……」と席を外し、イェセカだけがシツァに歩み寄り、寝台の端に腰かける。

「ついぞ涙を見せてはくれなかったから、お前は泣けないのだと思っていた」

「……っ、ぃ、やだ……っ、見、るな……っ」

今日という日まで、この眼が溺れたことは一度もなかった。

かなしくて、つらくて、くやしくて、もどかしくて、それでも涙は出なかった。

ただ、愛しい人が生きて、笑って、春を迎えた。

それだけで、涙が溢れた。

生きていて幸せだという感情と、ひとりで生きてごめんなさいという感情が交互に襲ってきて、すこしずつ、すこしずつ、生きているいまの喜びが勝って、溢れた。

「く、る……しぃ……っ」

赤ん坊のように薄くやわらかな爪が生えそろったばかりの手で、顔を覆う。

「俺は幸せだ」

震える手を柔らかく剝ぎ取り、唇を重ねる。

息ができない、溺れる、苦しい、こわい……と、むずかるシツァを宥め賺し、「俺の幸せの為に生きて」と甘く囁《ささや》く。

絶対に幸せにするから。死に損ねたことを後悔する暇なんてないくらい翻弄《ほんろう》してみせるから。愛で溢れて、溺れて、毎日笑って過ごすしかないような一生を約束するから。

俺の為に生きて。

「……っん、ぅ」

涙を呑み、口伝えの唾液を呑み干し、そうして目の前の苦しさから逃れて、イェセカの与える苦しさに溺れる。

ぜんぶ、この男が悪い。この男が、シツァの生き方を変えた。狭くて小さな世界を変えた。ぜんぶイェセカのせいにする。

イェセカは、それでいいと許してくれる。

頭を撫でて、髪を梳《す》いて、嗚咽に震える肩を抱き寄せ、優しく背を叩き、膝に乗せて、抱きしめて、唇を与えて、「ぜんぶ俺のせいにしていい」と逃げ道を作ってくれる。

「さ、わ、り……った、かった……っ」

「うん」

「頬《ほ》っぺた、っ……髪、も……手も……っ」

死んでしまったら、生きてるイェセカに触れられない。

愛しい人の体温に触れられない。

本当は、こうして、イェセカの頬に両手で触れて、撫でて、生きているこの人の傍で、この人がただ息をして、笑って、時々は意地悪をして、拗ねて、照れて、自分にだけ甘えてくれる姿を見て、愛して、幸せになりたかった。

「しぁ、わせ……にして」

「引き受けた」

溢れて、溺れて、飽いて、もういやだと泣くほどに幸せにしてやろう。

「……うん」

だから、みんな……、ごめん。

死ぬのはすこしだけ遅れます。

俺は、この人に幸せにしてもらってから、死にたいです。

股を広げて男を咥えこむ。ささやかな胸を大きく膨らませ、脂粉をはたいたような白皙《はくせき》を淡粉色《うすもも》に染める。羞恥《しゅうち》に身を捩れば柳腰だとイェセカが含み笑い、噛みしめて紅を引いたような唇を吸われる。

正面からこの男に抱かれるのが初めてであれば、寝台で事に及ぶのも初めて。生娘のように恥じらうシツァに、イェセカは己の欲を隠しもしない。

「手はここだ」

寝具を摑む手を取られ、首に巻くよう言われる。

「眼はこちら」

瞑ったきりの瞼に唇が触れ、驚いたところで見開くと、ぺろりと眼球を舐められる。

「あとは、あーあーとみっともなく喘いでいろ」

「んっぁ、あ……っ、ぁ……」

最初は戸惑ってばかりで、声の出し方も分からなかった。

気づけば、控えめだったはずの声ははしたなく乱れ、ひと突きされるごとに上擦り、弾み、鼻にかかった吐息に変わる。

その頃には、首に巻いていた両手でイェセカの背を掻き、腰を揺らしてイェセカの腹に陰茎を押しつけ、骨盤を開けるだけ開いて脚を絡みつかせるとイェセカの臀部《でんぶ》を押すようにして、もっと奥へとねだる行為に耽った。

あられもない姿をさらし、ほどけた三つ編みを絹の寝具に散らす。

イェセカの汗がぽたぽたと落ちることさえ、ひくりと感じ入り、春と夏の合間のような熱に浮かされ、自分に圧《の》しかかる男を見つめて、目を離せない。

「ひ、っ……！」

「……っん、どうした？」

「わか、っ……な……」

急に締めつけのよくなった後ろに、イェセカはすこし窮屈そうだ。

ゆるめようにも自由がきかず、イェセカの髪を引き、手繰り寄せ、胸元がぴたりとくっつくほど抱き寄せ、縋る。

「動くのはまずいか？」

「……っん、いま……だめ……っは……ふ……」

「胎のなかがいやらしい」

「だめ……って言って、る、っ……」

じわじわ、ぞくぞく、這い上がる。

イェセカの下で陰茎が潰されて、びくびくと震えた。金環を外さなくていいと言ったのはシツァだが、今回ばかりは、これまでとは異なり、勃起はゆるく、いつまでも芯を持つことはない。そのくせ、ずっと射精が続くような感覚が引いて、終わらない。

「っ……ぁ、ぁー……っ、ぁっ」

「またきたか？」

「ぁっ……ぇ、ぁ、ら……め、さわ……なっ……」

きゅうと縮こまる首筋にイェセカの髪が触れるだけで、下腹が波打ち、内腿が震える。

「耐えようとするな。受け入れて、溺れろ」

「んっ、ぅ……ぅ、ぁ、あ……っ」

イェセカの肩口に額をなすりつけ、もうゆるして、勘弁して……と歯を立てる。

「目を逸らすな」

「お、ぁしく……なるっ……なか、っ、ちがう……じぶん、と、ちがうっ」

「よくうねって、男好きのする肉だな」

「おも、ぃ……下腹、ぉ、おも……っ……ひ……ぃ」

最後はもう言葉にもならない。

ずっと、ずっと、ずっと……きもちいい。

さっきからずっとこう。ゆるい波が何度も襲ってきて、イェセカの気持ち良さそうな顔を見るだけできゅうと胸の奥が熱くなって、声をかけられるだけで心臓が苦しくなって、そうしたら下腹に直結した切なさが溢れる。

　身を丸めて打ち震える間は、陰茎からぱしゃぱしゃと潮を溢れさせ、二人の陰毛を濡らし、シツァの臀部まで流れ落ち、寝小便のような染みを寝具に拡げる。あんまりにも漏らすものだから、腰骨の刺青にまで及び、酒に溶いた墨のごとく艶《つや》めく。

　波が引くと、下腹に入っていた力も抜けてぐにゃりと弛緩《しかん》し、締め上げていた陰茎を包む肉もゆるむ。そうすると、辛抱強く耐えていたイェセカが動く。

「ぉ、っ……ぁ、ぁえ、ぁっ」

　声が裏返る。肉がまた反応して、ぐちゅりと蠕動《ぜんどう》し、奥へ招き入れるような動作で絡む。目を白黒させて、ぱた、ぱた、と足が跳ねたかと思うと、ぴんと爪先《つまさき》を張り、何度目かの波に身を固くしては、不規則な痙攣で四肢を震わせる。

　今度ばかりはイェセカも待ってやらず、そのきつく締まる肉を強引に割り開き、ひどく乱暴な扱いで腰を摑んで揺すり、がつがつと貪り尽くす。

「ひっ……ぃ、っ」

「ふ、っ……」

　短い呼気が、熱い。肌と肌を合わせて触れた箇所が、どちらがどちらのものか分からないほどくっついて、同じ体温を分け合って、ひとつになる。

イェセカは、組み敷いた躰がまた女のように極まるのを待ち構えて、種をつける。

「ひっ、ぅ……っ」

涙をぽろぽろとこぼして、胎のなかに広がる熱を感じる。

腰をぎこちなく揺らし、シツァも、何度目かの絶頂を迎えたことを伝えた。

根元から残滓を搾り取るような動きを繰り返し、無意識に男を誘うくせに、かちかちと奥歯を鳴らして、「……なか、も……ださないで……あふれる」と泣き言をほざく。

腰が抜けて結合部がふわりとゆるみ、腹に収めたままの陰茎を伝い、白濁が漏れた。

「可哀想に」

お前はもう二度と男らしく精を吐くことはできず、女が悦びを知るのと同じ方法で犯され、股から男の精を垂れ流すしかないのだ。

「……ぉく……はいん、ない……も、むり……」

「俺はもっとしたい」

「っ、ひぅ……」

奥の行き止まりに、くにゅりと先端が押し当てられる。途端に、もう何も出ないと思っていた陰茎から潮を吹いた。腸壁の折れ曲がったあたりをこつこつと突き上げられるたびに、腰が落ちて、跳ねて、震えて、それが直腸の筋肉にまで伝わり、イェセカを喜ばせる。

「覚えろよ、これからお前はいつもこうして寝所を汚すんだ」

「も、だし、たく……なぃ、っ……なか、やぶける……だすな……っ」

「いや」

脱力した足を肩に担ぎ上げ、浮いた腰骨に指をかける。

「ぁっ、ぉあっ、ぁ、っ……ぁっ」

ぴったりと隙間なく密着するほど陰茎を捩じこまれ、左の脇腹が引き攣る。ごりごりと内壁を削られ、肉を拡げられ、窮屈な場所がイェセカにちょうどの穴に躾《しつ》けられる。

「締めろ、ゆるい」

「っ、ひっ……っは、っ、ひ……っ、ぃ」

「潰すぞ」

「……あぁ、っ、ぁ、あぁっ」

力任せに握られた陰茎への激痛に、声を波打たせる。

けれども、逃げない。逃げずにちゃんと受け入れて、そこに快楽を見い出す。

「いいこ」

「っひぅ……ぅ、ぁ……っ、っひ、ぁはっ」

ずず、と涙を啜り、鼻水と、汗と、唾液でぐちゃぐちゃの顔で、泣き笑う。

こんなの教えられたら、もう離れられない。盛りのついた牝狼みたいに、一日中ずっとこれを嵌めてもらって、孕ませて欲しいとねだり、股を濡らしてしまうに違いない。

シツァはイェセカの手の上から己の陰茎を握りこみ、自分の知る限りの慰め方でぎゅうと揉みこみ、牡《オス》としてなけなしの機能を自分自身に思い出させる。

「許してない」

「……ごめっ、ぁ、さ、ぃい……っ」

ぱちんと叩かれた手を引っ込め、でも、もうここも耐えられないと訴える。

ぐじゅぐじゅと結合部が白く泡立ち、度重なる摩擦に熟れたふちはすっかりめくれあがり、艶《なま》めかしい肉と粘膜の赤がまとわりつく。

こんなになるまで頑張ったのに、前は使わせてもらえない。

「この穴で女になれてるだろ？　もう、それは使わせない」

「なん、で……？　……も、ここ、いくの……いや、なかで、いき、った、……な、っ」

「こっちもそろそろ覚えるか？」

かり、と爪先で乳首を搔く。

「……ふぁ」

「次までに考えておけよ」

「……つ、ぎ……ってい、つ」

「明日」

「あした……あし、たは……あ、っ、した……だめ」

「どうして？」

「なか、いたい……いっぱい、こするから、なか、熱い、……っ、あした、できない」

「なら、今日から明日までずっと続ける」

イェセカの言葉に絶望を覚えたのか、シツァは、ひゅ、と喉を鳴らす。怯《おび》えた仕種のわりに口角は愉悦に歪み、ほどよく男を締め上げて、雁首《かりくび》のあたりをふわりと包みこむ。

「いぇせ、ぁ……」

「ここにいる」

嬉しい。シツァが久しぶりに、名前を呼んでくれた。

ずっと窓の外を見るばかりで、微笑みかけても、手を振っても、話しかけても、何をしても応答がなくて、まるで壁に向けて愛を差し出しているようで、さみしかった。

「さみしかった」

「……イェ、セ……、ぁ……」

「……うん？　どうした？」

「っ、イェ……セ、カ、ぁ……っ」

「言葉にしろ」

「……も、……っは、なれるの、いゃ、だ……っ」

もう二度と離れたくない。

ずっとぴったりくっついていたい。二人の間に隙間ができるのはいや。どっぷりと蓮沼に落ちて、溺れて、二度と這い上がれないくらい傍にいたい。

片時も離れたくない。

「膝に抱かれるのさえいやだと拒否された日から考えると……長い道程だった」

「……イェセカ」

「ああ、そうだな。……うん、もう二度と離れずにいような」

「んあ……、っふ、ふふ……」

イェセカに頬を寄せられて、シツァが赤ん坊みたいにはにかみ笑う。

これは、逃げる為に笑っているんじゃない。

両腕に抱いたイェセカの頭を胸元へ引き寄せ、鉛色の髪に指を絡めて掻き抱き、鼻先を埋めて匂いを嗅ぎ、愛しい人の温《ぬく》もりを肌で感じて、幸せで、笑っている。

さみしくさせてごめんね、と唇を寄せる。

悲しくては泣けないけれど、愛しさが溢れて涙がこぼれ、愛する人に溺れる。

愛する人への愛と、愛する人がくれる愛で、溢れて、溺れる。

溺れて沈んで息もできないほど。

俺はきっと、この人の幸せの為に生きるのだろう。

この人の幸せの為だけに生きる存在として、長く、永く、飼い殺してもらえるだろう。

【4】

夏の初めに、覇州へ戻った。

今年も、北原の馬賊や異民族が活発に動き始める時期だ。

またすぐに真京へ蜻蛉《とんぼ》返りする予定だが、もしかしたら、去年とはもう情勢がえらく変わってしまったから、お互いに争う暇もないかもしれない。それでも、彼らを放置するわけにもいかず、覇州軍は盛夏を迎えるまでに北壁を固める。

「シツァ……ひとつ訊いていいか」

「なんだ」

「お前、指輪はどうした？」

「指輪？　あぁ、アンタがくれた指輪か」

チエから託《ことづか》った書類の束を机に置き、巻紙《まきがみ》を整え、万年筆をイェセカに差し出す。

その手指には、イェセカに与えられた指輪があったはずなのに、あの日からずっと、ない。

「あれは、気に入らなかったか」

「いまさらだな。……もしかして、気づいてたのに、いままで訊けなかったのか？」

「………だって、捨てられていたら悲しいじゃないか」

「捨ててない。あれなら、……その、今年の冬に痩せて外れたから……」

「……から？　どこかに仕舞っているのか？」

「食った」

「…………おまっ……え……おまえ、食ったって……」

「だって、死んだら取り上げられるから」

イェセカからもらったものを、誰にも奪われたくないから。

あの時はちょうど処刑される前で、死んだら財産はぜんぶ没収だから。

「食った」

あの時のシツァは、床にかつんと落ちた指輪を拾おうにも、手足に枷を嵌められていたから、身を屈《かが》めて犬食いをして、ごくんと飲み干した。

「なんでもかんでも食うな。……お前、すぐに口に入れて確認するところがあるとは思っていたが……金輪際、それはやめろ。ペンのインクで舌を黒くしたのを忘れたか」

「だって、アンタの使ってるものがどんなものか知っときたくて」

「他は食ってないだろうな」

「こないだアンタの爪を切ってやった時に」

「……食うな。それこそあの時は、卓子に舶来の焼き菓子があっただろうが」

「でもイェセカ、お前、嬉しい顔してる」

俺が爪を食ったって言った瞬間、口角が持ち上がった。

俺は、イェセカが嬉しくて幸せになる為に生きてるから、これで間違ってないと思う。

「そのうち、俺の肉の味も知りたいと言い出しそうだ」

「もう知ってる」

「……？」

「寝てる時に噛んだ」

「それで、俺の内腿が抉れていたのか」

「うん」

「髪は食うし、指輪は食うし、肉は食うし……次は俺の小便でも飲むつもりか？」

「…………」

「舌なめずりするな。……下から出るんだぞ。あぁ、そうだ、指輪も下から……」

「出てない。腹んなかにある。もし出たらまた呑む」

「やめなさい」

「やめない」

いまなら分かる。

イェセカが、シツァの何もかもを把握したがった感情。

イェセカは、シツァの行動や思考を情報として把握して、日常生活のすべてを掌握したがった。

その点、シツァのほうは手軽だ。

シツァは、自分の躰のなかに取り入れられたら、それでいい。精液も、唾液も、髪も、皮膚も、爪も、肉も、排泄物も、使っているものも、何もかも、自分のなかにちょっとずつ取りこんで、溜めこめれば、それでいい。

この男の支配欲が自分に向いているのが、たまらなく愛しいから。

それをすべて、この身で受けとめるのだ。

「イェセカは俺のものだから」

シツァは、この男がいるから、きちんと食事をして、温かい寝床で寝て、いつも明るく、真面目《まじめ》で、芯が強く、健康で、丈夫で、よく働き、太陽の下が似合うような奴隷でいられる。

そうしてシツァは、この男の為に、この男を慈しむように、己のことも慈しむのだ。

この男の為に生き続ける為に。

「そこまで想ってくれるなら、風呂にも入れ」

「ひとりだと溺れるからいやだ」

アンタは俺の世話を焼いて、俺の一生を背負って、俺に幸せにされるんだから、一生かけて一緒に幸せになる為に、ちょっとくらい手を焼いてもらって、困らせてやる。

そうして困り果てたアンタが、それでも俺の我儘《わがまま》を許してくれるのを見て、優越感に浸りたいから、やだ。

「やだ」

イェセカの足元にぺたんと座り、太腿にこてんと頭を乗せる。

「椅子に座れ、脚に悪い」

「ここがいい」

イェセカの足元で、狼みたいにべったりできるのは、自分だけに許された特別なことだから、ここがいい。

「まあ、これも名付けた責任か……」

「あ、名前」

「うん？」

「俺の名前、どう書くの」

イェセカの膝に上半身を乗り出し、その手元を覗きこむ。

「いままで知らなかったのか？」

「うん」

「頼むから、もうすこし自分のことに興味を持ってくれ」

衣食住をきちんとするようになっただけでも上出来だが、それも、イェセカが面倒を見てようやっとのこと。

この上はいますこし背伸びをして、背中の刺青がどんな模様であるかとか、名前をどういう字で書くとか、囚《とら》われの身が長く続いて、膝の関節が悪くなったから大事にしなくちゃならないとか、そういうところまで自分をいとうてやって欲しい。

「……でも、ここなら、いつでも守れるから」

イェセカの足元がいい。

「シツァ……」

ふとした瞬間に見せるのは、あの薄ら暗い表情だ。

あの日、気の利く新聞記者が送ってくれた、死を纏わりつかせた狼の写真。

よく働き、よく尽くし、いまでこそ素直によく生きてくれるが、この生き物は、懐のうちに狼を飼っている。

それも、人知れず、イェセカにさえ隠すような獰猛《どうもう》な豺狼《さいろう》を……。

「……俺たちの時とは……方向性が、違うんだ」

シツァたちは、いまの王朝を継続したまま奴隷制を廃止して、西洋列強とも渡っていけるような方策を選んだ。なのに、たったの一年も経たぬうちに、世間は、照室《しょうしつ》を廃し、新たな政府を樹立して、列強諸国と争う為の準備を始めようとしているのだ。

いま、皇帝を支え、実質的に国を動かしているのはイェセカだ。

イェセカが、矢面に立たされているのだ。

最初に殺されるなら、イェセカ。

だからシツァは、イェセカの足元で睨みをきかせる。

それに、イェセカが永らえさせてくれたこの命、イェセカの為に使うのだ。

それに、イェセカが、そうして獲物を求めるシツァの表情がいたくお気に入りなことをシツァは知っている。

そして、そんなシツァが世の為人の為に働かず、誰のことも助けず、皆の為に生きたりせず、イェセカの為だけにイェセカに愛されて、イェセカを愛して幸せにする為だけに生きることを求めている。

シツァは知っている。

彼の愚かな欲のすべてを許容してくれるこの財産を、己の足元で飼い殺すのが、彼にとっての悦びであり、幸せなのだ。

「ほら、字を知りたいんだろう？」

恐ろしい顔をして考えこむ狼の眼前に、紙片をひけらかす。

「これが俺の名前？」

「あぁ」

「……チエ様に聞いた。名前には意味があるんだろ？」

「あるよ」

「イェセカの名前は？」

「我と世を共にするか」

我と、この人生を共にするか？

「うん」

間髪を入れず、シツァは脊髄《せきずい》反射で応えた。

生きるも死ぬるも、二人で一緒にしよう。

「……なんだか、予期せず求婚したような気分だ」

「なぁイェセカ、ここにお前の名前も書いて。俺の名前の隣」

「あぁ、いいぞ。…………ほら、こっちが俺の名だ」

「ありがと……っン、ぁー……」

二人の名前が並んだ紙片をくしゃりと丸め、ぱくんと口に放りこむ。

「っ、待てっ……」

「ぅあぁう」

「こんなものまで食うな。お前は狼だろうが、山羊になるな、山羊に」

口のなかに指を突っこみ、喉の奥に引っかかった紙片を取り出す。

唾液の伝う指先をシツァの舌先がぺろりと舐めて、追いかけてくる。

「まったく……お前は油断も隙もあったもんじゃないな」

「ちょうだい」

「食うなら昼餉《ひるげ》だ」

「…………」

「不貞腐れるな」

「イェセカ」

「甘えた声を出してもだめだ」

「愛してる」

「…………」

「一回も言ってないから、言っとく」

アンタは、周りの人から尊敬されて、大事にされて、崇拝されて、忠誠の対象にされて、弟にも慕われているけれど、伴侶《はんりょ》からの情愛は俺からしか与えてもらえないから。

「俺がアンタのこと愛して、幸せにしてやるから」

「……っ」

「なんで泣く」

「……あぁ、なんでだろうな……お前を知ってから、涙脆《もろ》くなった」

照れて、笑って、泣いてしまうような、そんな男になってしまった。

「狼に呪われて生きろ」

「俺が生きるには、お前の呪いさえも必要なようだ」

呪いでも、愛でも、憎しみでも、なんでも構わない。

お前が俺のことを見て、考えて、想ってくれないと、生きていけない。

「じゃあ、しょうがない。お前の為に生きてやる」

「そうしてくれ」

「あぁクソ、死に損ねた」

恥ずかしまぎれに、悪態をつく。

「おいで、シツァ、俺のシーツァイ」

俺の大事な、財産。

惜財《シーツァイ》。

その名の通り、俺は、大切で愛おしい宝物を大切にする。

生まれて初めて物惜しみして、失いたくないと駄々を捏ねて、会えぬ時は想い焦がれて、離れがたく想い果てて、大切にしたいと思った財産はお前だけなんだ。

これまで、死なせるには惜しいと想うことはあれども、誰かを置いて死ぬのが惜しいと思ったのは、お前だけなんだ。

「死ぬ時も一緒がいいと想ったのは、お前だけなんだ」

「俺は、一緒に生きたいと想ったのがアンタだけ」

照れ笑いするイェセカにつられて、シツァも幸せに泣き笑う。

これからの長い人生、互いに互いの愛を尽くそう。

死ぬにはまだ惜しいから。

春に柳絮や牡丹を楽しみ浮かれ、夏に夜市に出かけて腹を満たし、秋に闘蟋《とうしつ》でケンカをして、冬に山査子《さんざし》の飴《あめ》がけを舐めて仲直りをしよう。

一度きりの幸いを、惜しみなく共に生きよう。

それが、二人の財産だ。

あとがき

こんにちは、鳥舟です。

まずは、ラルーナ文庫一周年おめでとうございます！　おめでたい！

そして、この度は『暴君は狼奴隷を飼い殺す』をお手にとってくださりありがとうございます。思い返せば、去年のこの九月の発売日に『竜を娶らば』をラルーナ文庫様から発売していただいたのが、私の文筆業の始まりとなります。その一年目のこの日に、また新しい本をお届けすることができたと思うと、方々へ向けて感謝の気持ちでいっぱいです。

ところで今回は近代中国風ＢＬです。

『竜を娶らば』で洋を、『黒屋敷の若様に、迷狐のお嫁入り』で和を、そして今回の『暴君は狼奴隷を飼い殺す』で中です。和洋中揃い踏みで全ての話に必ずショタが出ています。

今回は、それっぽい単語を並べて、それっぽい雰囲気に仕立ててみました。大好きな文化的、時代的背景です。軍服を含め細々とした描写は私欲に走り、我欲を追求しました。

あとがきに書くことをいつも迷うので、主要キャラの好きな食べ物を書きます。

イェセカは、斗六豆で作った餡子のお饅頭と、半乾燥した果物のペーストを塗って焼いた小鹿の肉と、洋酒。シツァは肉、ひたすら肉。ランズは淡水魚の煮つけと杏。チエは冬の白菜と白酒とお茶。トゥイシは舶来のあまぁいお菓子と海老と南瓜のスープ。以上です。イェセカとトゥイシは兄弟そろって甘党です。読み返してもらった時に「こいつ、こんなカッコイイこと言ってるけど甘党なんだ……」と思っていただけると嬉しいです。

本文中では大体いつも軍服姿のイェセカですが、余暇には旗袍を着こなして市中をうろつき「こいつなんか育ちが良さそうなボンボンだな～」と町民に思われたり、傍にいるシツァにも「……周りから浮いてる」と思われたり、チエは「お前もです。二人とも目立つんですよ」と二人の買い食いに呆れられたりしています。イェセカもシツァもよく食べる。

末尾ではありますが、落ち着きのない私にいつも優しくしてくださる担当様、お顔もさることながら手指の描写も男前なイェセカと、狼の瞳が美しいシツァを描いてくださったアヒル森下先生、日々、仲良くしてくれる友人たち、そして、この本を手にとり、読んでくださった方、ありがとうございます。この場を借りて御礼申し上げます。

鳥舟あや

トゥイシかわいいです…♡
アヒル森下

本作品は書き下ろしです。

ラルーナ文庫

この本を読んでのご意見・ご感想・ファンレターなどお待ちしております。〒111−0036 東京都台東区松が谷1−4−6−303 株式会社シーラボ「ラルーナ文庫編集部」気付でお送りください。

暴君《ぼうくん》は狼《おおかみ》奴隷《どれい》を飼《か》い殺《ころ》す

2016年10月7日　第1刷発行

著　　者｜鳥舟《とりふね》あや

装丁・DTP｜萩原 七唱

発 行 人｜沓 仁警

発 行 所｜株式会社 シーラボ
〒111-0036　東京都台東区松が谷1-4-6-303
電話　03-5830-3474／FAX　03-5830-3574
http://lalunabunko.com

発　　売｜株式会社 三交社
〒110-0016　東京都台東区台東4-20-9　大仙柴田ビル2階
電話　03-5826-4424／FAX　03-5826-4425

印刷・製本｜シナノ書籍印刷株式会社

ISBN978-4-87919-974-4